THILO TIMO

DIE FUSSBALL TORNADOS

1:0 für Jonas!

THILO · DIE · TIMO

FUSSBALL TORNADOS

1:0 für Jonas!

Zeichnungen
von Timo Grubing

cbj

Bei diesem Buch wurden die durch das verwendete Material und die Produktion entstandenen CO_2-Emissionen ausgeglichen, indem der cbj-Verlag ein Projekt zur Aufforstung in Brasilien unterstützt.
Weitere Informationen zu dem Projekt unter:
www.ClimatePartner.com/14044-1912-1001

FSC
www.fsc.org
MIX
Papier aus verantwortungsvollen Quellen
FSC® C014496

Verlagsgruppe Random House
FSC® N001967

Wir produzieren
Klimaneutral
ClimatePartner.com/14044-1912-1001
Druckprodukt

1. Auflage 2020

Cover- und Innenillustration: Timo Grubing
Umschlagfertigstellung: NN
CK · Herstellung: A.
Satz und Reproduktion: GGP Media GmbH, Pößneck
Druck: GGP Media GmbH, Pößneck
ISBN 978-3-570-17732-7
Printed in Germany

www.cbj-verlag.de
Dieses Buch ist auch als E-Book erhältlich.

Kapitel 1
Krach im Klassenzimmer

Jonas stand an der Tafel und schwitzte. Ausnahmsweise lag es nicht daran, dass er nicht richtig rechnen konnte. Nein, seine Klassenlehrerin hatte ihn nach vorne geholt, um den Irrsinn, der sich vor seinen Augen abspielte, in den Griff zu kriegen. Aber diese Aufgabe schien Jonas noch unlösbarer als 7545 mal 6646 minus 13.

Egal, was Jonas vorschlug, alle seine Klassenkameraden drehten sofort durch.

Es war Freitag Morgen, Viertel nach zehn. Normalerweise herrschte so kurz vor dem Wochenende absolute Stille in der Klasse 4a der Goethe-Schule in Berlin-Kreuzberg: Die eine Hälfte der Schüler starrte dann aus dem Fenster, die andere auf die Uhr.

Heute jedoch hatte Anette Hülsmann, die Klassenlehrerin, etwas Besonderes vorgeschlagen – und dann war die Hölle losgebrochen. Alle brüllten, einige tippten sich mit dem Finger an die Stirn, andere drohten damit, nach Australien auszuwandern.

Hilfe suchend drehte Jonas sich zu seiner Lehrerin um.

Anette Hülsmann saß an ihrem Pult und las seelenruhig ein Buch. Vielleicht war sie ganz plötzlich taub geworden? Oder ihr Gehirn war von Außerirdischen vom Planeten GZZ12Strich277Positiv herausgeschraubt und in ein Weltraumlabor transportiert worden. Wie in seinem Lieblingsfilm *Die Nacht der lebenden Lehrerzombies*. Wie auch immer, Jonas schien den Aufstand hier jedenfalls allein durchstehen zu müssen.

Zwei Wochen lang hatten sie im Unterricht über Wahlen geredet: wie toll und wertvoll es ist, dass in den meisten Ländern in Europa jeder erwachsene Mensch wählen gehen kann. Dass sich jeder Bürger in ein Amt wählen lassen kann. Jede Stimme zählt gleich, egal ob von einem Multimilliardär oder einem Bettler. Demokratie nennt man das und die alten Griechen haben es erfunden.

Nachdem sie nun also zwei Wochen darüber geredet hatten, wollte Anette Hülsmann an diesem Freitagmorgen ein praktisches Beispiel für Demokratie geben.

Zum ersten Mal sollte die 4a einen Klassensprecher wählen. Und das war dabei herausgekommen. Nichts als Streit, Krach und Gebrüll.

„Also“, versuchte Jonas noch einmal sein Glück. „Wie wäre es mit Arsim?“

Er schrieb den Namen mit Kreide an die Tafel. Darüber standen bereits Hakim, Alexey und Pedro.

Arsim platzte beinahe vor Stolz, das sah Jonas ihm an. Doch die meisten anderen winkten ab.

„Vergiss es, Alter!“, rief Mustafa. „Wenn Arsim hier Chef wird, macht der auf König. Dann müssen wir ihm den Rucksack tragen!“

Arsim wurde rot. Wütend machte er mit der Hand einen Scheibenwischer vor seinem Gesicht.

„Hast echt n' Knall, Mustafa!“, pöbelte er zurück. „Bist nur neidisch, weil dich keiner fragt!“ Arsim sah zu Jonas und grinste.

Jonas stieß genervt die Luft aus. Auf diese Herausforderung musste er reagieren. „Okay. Mustafa?“, schlug er deshalb vor.

Mustafa stand auf und verbeugte sich nach allen Seiten. Sein bester Freund Mesut klatschte Beifall.

Hakim, Alexey, Atze und natürlich Arsim buhten ihn aus. Luong verdrehte die Augen und Kalil legte seine Stirn auf den Tisch.

Jonas schrieb Mustafa trotzdem zu den anderen Namen. Dabei fiel ihm auf, dass er bisher nur Jungen vorgeschlagen hatte.

Lena, ich könnte mir vorstellen, dass du eine gute Klassensprecherin wärst.
Jonas ist verknallt!
HA HA
Iih, ein Mädchen!
Iih, ein Junge!
Wenn ein Mädchen gewinnt, müssen wir dann alle auf Ponys in die Schule kommen?
Und nur noch rosa Sachen anziehen. Mit Glitzersternchen drauf! Würg!
STOOOP!!

„Also, so ist das mit Demokratie nicht gemeint", sagte Jonas und versuchte, ruhig zu bleiben. „Wer sich zur Wahl stellt, hat Respekt verdient. Sie oder er opfert seine Freizeit oder andere Dinge, um etwas für uns alle zu tun. Ihr müsst die Kandidaten nicht gut finden. Aber niemand hat es verdient ausgelacht oder öffentlich gedisst zu werden. Jeder ist gleich viel wert, Mädchen und Junge. Egal ob die Eltern aus der Türkei hierhergekommen sind, wie bei Mesut, Mustafa und Aishe, oder aus dem Kosovo, wie bei Arsim, oder aus Vietnam, wie bei Luong. Ich will in keine Klasse gehen, die das nicht kapiert und akzeptiert."

Jonas sah zu seinem besten Freund. Kalil zeigte ihm den Daumen. Trotzdem pustete Jonas noch einmal tief durch. „Ich werde nun weitere Namen vorschlagen", redete er weiter. „Dazu will ich keinen Kommentar von jemand anderem hören. Nur der Genannte sagt etwas: Ich möchte oder ich möchte nicht. Wenn ich alle durchhabe, machen wir eine geheime Abstimmung. So, und nun weiter."

Jonas wollte gerade Kalil vorschlagen, als hinten in der Ecke ein Arm gehoben wurde. Demba war groß, bullig und sehr, sehr schweigsam. Niemand hatte ihn jemals aufzeigen sehen. Sogar Frau Hülsmann zuckte kurz zusammen.

„Ja, äh, Demba, du willst etwas sagen?", stammelte Jonas leicht verwirrt.

Demba nickte. „Genau. Ich will sagen: Spar dir die Mühe. Wir wählen dich."

Jonas öffnete den Mund. Dann schloss er ihn wieder.

Aishes Arm sauste nach oben. „Bin dafür!", rief sie. „Äh, durfte ich das jetzt sagen?"

Lena lachte, hob dann auch den Arm. „Ich auch", sagte sie und grinste dann in Alexeys Richtung. „Ich muss doch meinen Verlobten unterstützen."

Kalil hob den Arm, Arsim und Luong ebenfalls. Nach und nach gingen alle Hände nach oben. Manche klopften zusätzlich mit der anderen Faust auf den Tisch.

„Jonas, Ehrenmann!", rief Mustafa.

Jonas biss sich auf die Unterlippe. Es machte ihn stolz, dass ihm alle aus der Klasse das Amt zutrauten.

„Also gut, ich …" Jonas blickte zu seiner Lehrerin. Frau Hülsmann legte ihr Buch an die Seite. Sie wirkte so zufrieden, als wäre ihr ein lange vorbereiteter Plan perfekt gelungen.

„Darf ich überhaupt?", erkundigte Jonas sich bei ihr.

Anette Hülsmann nickte. „Jeder kann gewählt werden, da sind Wahlhelfer keine Ausnahme", erklärte sie. „Wenn es keine Gegenstimmen gibt, bleibt nur eine Frage: Nimmst du die Wahl an?"

Kapitel 2
So kann es nicht weitergehen!

Natürlich nahm Jonas an. Nicht nur, weil es eine große Ehre war, Klassensprecher zu sein. Auch, weil es das erste Mal in fast drei Jahren Schulzeit war, wo sich alle Schüler einig waren.

Frau Hülsmann stand auf und reichte Jonas offiziell die Hand. Es war richtig feierlich. Jonas fühlte sich ungefähr wie Lanzelot, als er zum Ritter geschlagen wurde.

„Darf ich vorstellen", sagte Anette Hülsmann. „Der erste Klassensprecher der 4a, Jonas!"

Alle klatschten. Auch Lena, das sah Jonas genau.

Mustafa und Mesut riefen: „Ehre!"

Luong und Kalil klopften auf ihre Tische.

Und Atze haute wieder einen seiner Berliner Sprüche raus: „Ick bin jerührt wie Appelmus!"

Jonas fand es großartig. 22 Schüler waren sie in der Klasse und gerade handelten sie wie eine verschworene Gemeinschaft. So stellte er sich eine Klasse vor. Alle unterstützten sich gegenseitig, jeder half jedem, es wurde geteilt und wenn nötig füreinander gekämpft.

Leider hielt diese Einigkeit nur etwa fünf Minuten an. In der nächsten großen Pause gab es wieder Stunk, wie jeden Tag. Mustafa nannte Luong einen Reisfresser, Luong antwortete irgendetwas mit Ramadan, und schon standen sich die beiden gegenüber wie zwei Gangster im Wilden Westen zur Mittagszeit. Die Fäuste waren geballt, aus den Augen sprühten Funken.

Alexey und Dimitri waren sofort da und feuerten Luong an. Achmed aus der 3b hielt natürlich zu Mustafa. Demba, Kofi und Bass hatten sich noch nicht entschieden, wem sie die Daumen drücken sollten. Sie wollten einfach nur dabei sein, wenn hier gleich die Fetzen flogen.

Jonas atmete tief durch. Er hatte keine Lust, den Schulhof-Polizisten zu spielen. Als Klassensprecher wollte er sich die Beschwerden oder Sorgen der Mitschüler anhören und dann darüber mit den Lehrern sprechen. Aber dass es Kloppe gab, gefiel ihm natürlich auch nicht. Also drückte er Kalil sein Schulbrot in die Hand.

Was soll das?
Der hat meine Religion beleidigt
Nur weil der mich Reisfresser genannt hat.
Na und, stimmt doch. Chinesen fressen doch auch nichts anderes.
Keine Ahnung, ich komme aus Vietnam.
Arrrgh! Schluss mit dem Kinderkram!
Ihr gebt euch die Hände und die Sache ist vergessen!

Luong starrte auf den Boden, Mustafa trat von einem Fuß auf den anderen. Keiner von ihnen wollte als Erster einknicken, das merkte Jonas. Also nahm er eine Hand von Luong, eine von Mustafa und legte sie ineinander.

Zwei Stunden später, auf dem Nachhauseweg, rempelten Luong und Mustafa sich ein paar Mal an. Immerhin, als sie Jonas bemerkten, hörten sie damit auf.

„Auf Klassen-Sheriff habe ich echt keinen Bock“, sagte Jonas zu Kalil. „Aber so kann es echt nicht weitergehen.“

Er kickte seinem besten Freund den Ball zu. Den hatte er immer dabei. Leider durften sie auf dem Pausenhof nicht Fußball spielen. Aber auf dem Schulweg hatte Jonas die Pocke immer am Fuß.

Kalil nahm den Ball an, machte einen Übersteiger und schob ihn dann lässig zu Jonas zurück.

„Hast recht“, bestätigte er. „So macht es echt keinen Spaß, in die Schule zu gehen. Und damit meine ich auch die Pausen.“

Jonas hob den Ball an, schoss ihn in die Luft und nahm ihn abwechselnd mit dem linken und rechten Fuß wieder an. So tänzelte er um einen alten Mann im Rollator herum. Der Mann schimpfte nicht, sondern applaudierte Jonas. Wahrscheinlich hatte er in seiner Jugend auch Fußball gespielt. „Ich glaube, in der Klasse könnten wir alle Freunde sein“, sagte Jonas. „Aber wir kennen uns einfach zu wenig. Wir sehen uns immer nur in der Schule. Keiner weiß etwas über den anderen, wie er lebt und was er isst.“

Kalil lachte. „Das ist bei dir und mir ja zum Glück anders“, antwortete er. „Manchmal glaube ich, wir sind nur Freunde, weil du indisches Essen so magst.“

Jonas grinste. „Ist auch so“, bestätigte er. „Was sollte ich mit dir Knalltüte auch anfangen? Du kannst ja noch nicht mal einen Ball erobern!“

Sofort rannte Jonas los, den Ball wie mit Kleber am Fuß festgepappt. Kalil nahm die Herausforderung an. Er flitzte hinter seinem Freund her und versuchte ihm den Ball abzujagen. Als es ihm endlich gelang, brüllte Jonas los: „Diebstahl! Leute, helft mir! Der Typ da hat mir den Ball geklaut!“

Als sich einige Menschen nach ihnen umsahen, brachen beide in Lachen aus.

„Ist schon gut!“, rief Kalil den Gaffern zu. „Er kann ihn ja wiederhaben. Aber dafür muss er sich schon ein bisschen anstrengen …“

Nun lief er los, Jonas nahm die Verfolgung auf. Nach dem Stress in der Schule tat es echt gut, einfach nur Blödsinn zu machen. Und dafür liebte er sein Viertel. Keiner nahm hier irgendetwas zu ernst. Man konnte Quatsch machen und kriegte nicht gleich von einem Erwachsenen was auf den Deckel. Überall waren kleine Geschäfte, Cafés und Kneipen. Die Bewohner kamen aus mindestens fünfzig verschiedenen Ländern und die meisten kamen bestens miteinander aus. Und vor allem: Genau in der Mitte zwischen Schule und Jonas' Zuhause gab es die beste Currywurst der Welt.

Vor dem Haus, in dem Kalil wohnte, klatschten sich die beiden ab.

„Wie kann das sein?“, fragte Jonas außer Atem. „Ihr lebt im fünften Stock, aber ich kann euer Essen bis hier unten riechen.“

Kalil grinste. „Ist wie im Fußball: Qualität setzt sich durch.“

Jonas nickte stumm. Irgendwo in seinem Kopf war eine Idee aufgeblitzt. Essen … Essen … Essen …

„Ich weiß, wie wir die Stimmung in der Klasse verbessern können“, platzte er heraus. „Wir machen eine Party und jeder bringt Essen aus seiner Heimat mit! Beim Feiern lernt man sich am besten kennen!“

Kapitel 3

Ein Fest geht in die Hose

Gleich am Montagmorgen erzählte Jonas von seiner Idee mit dem Klassenfest. Frau Hülsmann fand das großartig. Und ein Termin war auch schnell gefunden. Die Party sollte schon am kommenden Freitag um 18 Uhr stattfinden.

„Jeder bringt etwas zu Essen aus seinem Heimatland mit", erklärte Jonas.

„Sauerkraut", rief Mustafa. „Meine Heimat ist Deutschland."

Jonas rollte mit den Augen. „Dann eben etwas aus dem Land, wo eure Eltern herkommen."

„Also Currywurst", rief Mustafa wieder. „Meine Eltern sind in Berlin geboren."

Jonas sah ihn streng an. „Du weißt, was ich meine, Mustafa", sagte er ruhig. „Ein besonderes Essen, das Teil eurer Kultur ist. Also, dem Teil eurer Kultur, der nicht deutsch ist."

Mustafa nickte. „Ich glaube, ich verstehe dich, Bruda", antwortete er. „Ich soll was Türkisches anschleppen."

Jonas nickte. „Genau. Und Demba etwas aus dem Senegal, Alexey etwas Russisches, Hakim eine persische Spezialität, Ekaterini etwas aus Griechenland und so weiter."

„Superidee!", rief Lena in die Klasse. „Wer kümmert sich um die Musik? Wer besorgt Teller und Besteck? Wer Getränke?"

Jonas zuckte zusammen. Solche praktischen Dinge hatte er noch gar nicht geplant. Wie gut, dass Lena mitdachte.

„Genau, dazu gebe ich gleich eine Liste rum", sagte Jonas und riss schnell eine Seite aus seinem Heft. „Ein paar von euch sollten auch schon eine Stunde eher hier sein, damit wir den Raum schmücken können."

Kalil lachte. „Ich kann jedenfalls nicht feiern, wenn ich eine Tafel sehe."

Jonas setzte sich wieder. Die Party würde ein Riesenerfolg werden, das wusste er einfach. Alle hatten seine Idee gut gefunden. Nun mussten nur noch ein paar Kleinigkeiten organisiert werden und dann konnte gefeiert werden!

Als die Liste wieder bei Jonas ankam, fühlte er sich nicht mehr so gut. 18 Schüler hatten sich bei

Musik mitbringen eingetragen. Ekaterini bei *Raum schmücken*. Kalil wollte beim Aufbauen helfen, Lena und Aishe für Gläser sorgen.

„So geht das nicht", verkündete Jonas in der Frühstückspause. „Ich teile jetzt jeden für eine Aufgabe ein und hänge den Zettel dann an die Tür. Haltet euch bitte daran."

Den Rest der Woche grübelte Jonas darüber nach, was er zum Essen mitbringen sollte.

Kartoffelsalat? Bockwürste? Einen Topf Erbsensuppe? Vielleicht noch einen Obstsalat?

Mehrmals telefonierte er mit Kalil. „Meine Mutter macht Pakora", sagte Kalil am Donnerstag.

Jonas lief das Wasser im Mund zusammen. Er liebte Pakora!

Gemüse oder Fleisch wurde dafür in einem Teig aus Kichererbsen gewendet und dann in der Fritteuse goldbraun gebacken. Kalils Mutter machte die besten!

„Und du?", wollte Kalil wissen.

Jonas zuckte nur mit den Schultern, auch wenn sein Freund das durchs Smartphone nicht sehen konnte. Zum zwanzigsten Mal in vier Tagen hatte er seine Meinung geändert.

„Ich glaube, ich bringe aufgespießte Käsewürfel mit Weintrauben mit", verriet er. Aber bis morgen war ja noch jede Menge Zeit, sich zu entscheiden.

Am Freitag kurz vor Schulschluss erinnerte Jonas noch einmal alle an die Dienste, für die sie eingetragen waren. Die meisten brummten nur irgendetwas vor sich hin, aber es war eben kurz vor dem Wochenende.

Als Jonas eine Stunde vor der Party vor der Schule ankam, warteten dort nur Lena, Aishe und Kalil auf ihn. Frau Hülsmann schloss ihnen den Klassenraum auf und verschwand dann ins Lehrerzimmer.

„Eigentlich sollten doch Demba und Pedro auch hier sein und Tische schleppen", stellte Jonas bei einem Blick auf die Liste fest. Waren sie aber nicht. Also mussten sie vier das eben alleine erledigen. Um zehn vor sechs kam Ekaterini mit einer Rolle Luftschlangen.

„Toller Schmuck", grummelte Jonas in sich hinein.

Immerhin war der Tisch für das Buffet rechtzeitig fertig geworden. Kalils Pakora stand dort, Lenas Blätterteigtaschen und Aishes klebrig süßer Baklava als Nachtisch. Jonas stellte seine Schüssel mit Linsensalat dazu.

Um zehn nach sechs trudelten langsam die anderen ein. Mustafa brachte einen riesigen Gettoblaster mit, den er gleich auf Discolautstärke aufdrehte.

Wo sind die Teller? Das war deine Aufgabe.
Ich habe mich um die Musik gekümmert, Bruda. Bei uns waren alle Teller dreckig.
Und dein Essen?
Das Ding ist sackschwer! Wie soll ich da noch Futter tragen?
Wir sind hier nicht im Getto, Mann. Lass mal Musik machen wie moderne Menschen.

Wenigstens brachte Demba etwas mit: eine Packung eingefrorene Brezeln. Das Preisschild vom Supermarkt nebenan klebte noch drauf.

Jonas wurde das alles zu doof. Wenn keiner etwas essen wollte, dann musste eben wenigstens die Musik cool sein. Doch als Hakim die dritte Anlage aufbaute, war es auch damit vorbei. Er, Mustafa und Alexey drehten gleichzeitig ihre Lieblingssongs voll auf. Keiner der drei wollte nachgeben.

Die Mädchen hatten sich da schon in den Gang zurückgezogen. Frau Hülsmann tat das Gleiche wie eine Woche vorher bei der Klassensprecherwahl: nichts.

„Ich bin nur Gast, die Party ist eure“, sagte sie, als Jonas sie um Hilfe bat. Dann bediente sie sich an ihrem kläglichen Buffet.

„Okay, immer abwechselnd“, legte Jonas die Regeln für die DJs fest. Doch auch das war nicht besser. Manchmal lief dreimal hintereinander der gleiche Song, manchmal Musik, die einfach nicht zu dem Lied davor passte.

Irgendwann warf Jonas sich einfach auf einen

Stuhl in der Ecke. Kalil brachte ihm zur Aufmunterung das letzte Pakora.

Jonas nickte stumm. Er war tief enttäuscht. Er hatte sich so sehr auf die Party gefreut. Und nun war sie völlig in die Hose gegangen. Nur sieben Schüler hatten Essen mitgebracht, Getränke gab es gar nicht, den Schmuck musste man mit einer Lupe suchen, und die DJs lieferten sich ein Battle, bei dem es keinen Gewinner gab.

Um kurz vor sieben kamen Lena und Aishe mit ihren Jacken ins Klassenzimmer zurück. Aishe machte das Licht dreimal an und aus, bis alle Musik abgestellt wurde.

Dann drehten sich die beiden um und gingen nach Hause.

Die anderen Mädchen und auch einige Jungs folgten ihnen. Jonas aber blieb auf seinem Stuhl sitzen. Irgendwo in seinem Kopf formte sich gerade wieder eine Idee. Was es war, konnte Jonas noch nicht sagen. Nur dass die Idee saugut war …

Kapitel 4
Tor des Monats

Den Samstag verbrachten Kalil und Jonas wie jede Woche: Um 15 Uhr betraten sie den Jugendklub in ihrem Kiez (so nennt man in Berlin die Stadtviertel). Hier gab es günstig Saftschorle und vor allem wurde auf großer Leinwand die Bundesliga gezeigt.

Jonas spendierte zwei Schorlen, Kalil sicherte ihr Lieblingssofa. Von hier aus hatte man den besten Blick. Auch wenn die Größeren meckerten, den Platz gaben die beiden nie her.

Und dann folgten wie immer die mit Abstand aufregendsten neunzig Minuten der Woche. Der Jugendklub zeigte nämlich auf einem riesigen Bildschirm die Konferenz. Dabei wurde laufend von einem Stadion zum anderen geschaltet. Immer, wenn auf irgendeinem Platz etwas Spannendes passierte, blendete sich der Sender gleich ein. So verpasste man keinen Elfmeter, keine Freistöße, kein Handspiel.

Und natürlich sahen Kalil und Jonas jede Menge Tricks, die sie sich für ihr eigenes Spiel merkten.

90 Minuten fieberten die beiden mit. Sie jubelten, fluchten, lachten und vergruben ihre Gesichter verzweifelt in den Händen. Dann aber passierte etwas Besonderes: In Mainz rannten drei Spieler über das gesamte Spielfeld. Der Ball kam von links in die Mitte, wurde mit dem Kopf weitergeleitet und dann vom dritten Spieler volley am Torwart vorbei in die Maschen gehauen. Unhaltbar!

„Wow!“, raunte Kalil nur. „Das wird Tor des Monats, wetten?“

Jonas war voll seiner Meinung, bis eine Minute später nach München geschaltet wurde.

Der Münchener Torwart stand nahe der Mittellinie, ihm war scheinbar langweilig, denn es stand 5:0 für die Bayern. Doch da kam ein Gegner an den Ball. Obwohl er am eigenen Sechzehner stand, hämmerte er das Leder Richtung Bayerntor. Der Ball segelte im hohen Bogen über den Torwart hinweg. Auf dem Elfmeterpunkt titschte er auf und knallte von dort unter die Latte. Sekundenlang schien er wie auf der Torlinie festgenagelt, dann rollte er doch noch zehn Zentimeter weiter ins Tor. Die Spieler jubelten, als hätten sie gerade die Champions League gewonnen.

„Tor des Monats!“, jubelte Jonas.

Kalil lachte. „Da musst du dich aber jetzt mal entscheiden“, sagte er. „Seit eben ist noch kein Monat vergangen.“

Kurz darauf war auf allen Plätzen Schluss. Nur in Berlin Kreuzberg noch nicht. Jonas hatte selbstverständlich seinen Ball mitgebracht. Der Parkplatz hinter dem Klub war an den Wochenenden gesperrt. Hier konnten sie ungestört kicken.

Schon vor Jahren hatten andere Jungs mit Farbe zwei Pfosten an die Backsteinmauer gesprüht. Das war auch heute wieder ihr Tor.

Kalil und Jonas spielten eins gegen eins. Sie umdribbelten sich gegenseitig, nahmen sich die Bälle ab, grätschten, stocherten mit den Beinen und schenkten sich keinen Zentimeter. Dabei rannten sie sicher fünf Kilometer.

Als beide völlig außer Atem waren, spielten sie die Szene aus München nach. Jonas ging zuerst in den Kasten. Das heißt, er stellte sich zwanzig Meter davon entfernt auf. Kalil war am Ende des Parkplatzes. Er zirkelte den Ball über Jonas hinweg, aber der Rest funktionierte einfach nicht so wie in der Bundesliga. Entweder der Schuss verhungerte unterwegs und der Ball blieb einfach liegen. Oder er schlug mehrere Meter neben den Pfosten gegen die Wand. Erst beim dreißigsten Versuch landete er im Tor, allerdings längst nicht so spektakulär wie in München.

„Jetzt ich!“, bestimmte Jonas. In der Schule konnte

er ruhig bleiben, egal was auch passierte. Auf dem Platz jedoch war das komplett anders. Hier einfach nur rumzustehen, war echte Folter für ihn. Kalil holte den Ball aus dem Tor und kickte ihn halbhoch zu Jonas. Der nahm das Leder mit der Brust an, ließ es abtropfen und hob den Ball dann gefühlvoll in die Luft. Dabei bewegte er sich von seinem Freund weg.

Nach etwa zwanzig Schritten blieb Jonas stehen und legte sich den Ball zurecht. Breitbeinig stellte er sich hinter den Ball, schloss kurz die Augen und atmete tief durch. In Gedanken ging er jeden Millimeter der Flugbahn durch, die sein Schuss gleich nehmen sollte. Dabei schlug sein Herz so aufgeregt, als würde es bereits wirklich passieren. Natürlich schlug der Ball im Tor ein und Kalil machte ein ungläubiges Gesicht.

Jonas öffnete die Augen wieder. Der Ball lag drei Schritte von ihm entfernt und wartete darauf, in den Geschichtsbüchern des Kiezes zu landen. Jonas fixierte Kalil, der mit Händen in den Taschen im Weg stand. Dann blickte er zur Mauer. Für jeden Besucher des Parkplatzes waren dort nur zwei weiße, leicht verblasste Striche an einer Wand zu sehen. Für Jonas aber stand dort das Tor im berühmtesten Stadion der Welt. Die Leute auf den Tribünen pfiffen und jubelten. Sie warteten darauf, ein Wunder zu sehen, wie jedes Mal, wenn Jonas einen Freistoß schoss. Und Jonas würde liefern …

¡POK!

„What ...?“, presste Kalil nur hervor. „Das ist unmöglich, ich hab doch gerade versucht ...“

Jonas hob nur die Arme und rannte jubelnd auf Kalil zu. Bei seinem Kumpel angekommen, warf er sich ihm um den Hals. Kalil umarmte auch ihn und so hüpften die beiden auf dem Parkplatz herum.

„Tor des Monats, Tor des Monats!“, brüllten sie dabei die ganze Zeit. Dafür liebte Jonas seinen Freund: Neid kannte er nicht. Wenn Jonas etwas gut gelungen war, freute er sich ehrlich mit. So ein Freund war unbezahlbar!

Die beiden Bundesliga-Zaubertore waren auch das heißeste Thema am Montag vor der Schule. Alle Jungs der Klasse hatten die Bundesliga geschaut. Die eine Hälfte fand das Tor der Mainzer am besten, die andere das aus München. „Wie der den Ball hebt, Weltklasse!“, fand Mustafa.

„Der wird bestimmt von Real Madrid gekauft“, vermutete Luong.

Mustafa nickte. „Ehre, Mann“, bestätigte er. „Für mindestens 50 Millionen. So viel ist der locker wert.“

Atze verkündete wieder eine typische Berliner Wahrheit: „Jeld alleene macht nich jlücklich, man muss et ooch haben.“

Alle lachten. Angeblich konnte Atze kein Hochdeutsch. Auf jeden Fall ließ er sich nie dabei erwischen, normal zu sprechen.

„Das Ding der Mainzer fand ich trotzdem besser“, behauptete Alexey. „Dreimal Weltklasse gegen einmal.“

Arsim war der gleichen Meinung. Demba fand, man sollte die Medaille für das Tor des Monats ausnahmsweise zweimal vergeben. Pedro legte ihm den Arm um die Schulter.

„Genauso ist es, Mann!“, lobte er. „Du hast echt gute Ideen.“

Kalil stupste Jonas mit dem Ellenbogen in die Rippen. „Siehste, es ist wirklich so, wie die Mädchen gesagt haben“, flüsterte er. „Die Jungs in unserer Klasse reden kaum ein Wort miteinander. Aber wenn es um Fußball geht, dann respektieren sich alle.“

Das war der Moment. Die Idee, die Jonas seit Freitag ausgebrütet hatte, schlüpfte in diesem Moment wie ein Dinobaby aus dem Ei.

Kapitel 5

Ja, aber nicht mit dem!

Die Zeit bis zur großen Pause verging noch viel, viel langsamer als sonst. Sekunden wurden zu Minuten, Minuten zu Stunden. Jonas kaute aufgeregt an seinem Bleistift herum, bis der abbrach. Die Idee war groß! Ach was, gigantisch! Sie gründeten eine eigene Fußballmannschaft! Darauf hatten doch alle Lust: Gemeinsam kicken, kämpfen, schwitzen und jubeln. Jonas brannte darauf, den anderen seinen Plan vorzustellen. Doch dafür musste eben erst mal die Pause kommen.

Als es endlich klingelte, winkte Jonas Kalil zu sich. Zu zweit hatten sie sicher bessere Chancen, alle zu überzeugen. Als Erstes gingen sie zu Atze.

„'n eigenes Team?", wiederholte er und kratzte sich am Kinn. „Mit deenen da? Verjiss et. Auf die Russen kannste dich doch nich verlassen."

Dabei deutete er mit seinem Kinn in Richtung von

Alexey und Dimitri aus der 3b, die wie immer zusammenstanden.

„Okay“, sagte Jonas knapp. „Dann bist du eben unser Fan, wenn wir bald im Olympiastadion spielen. Aber glaub nicht, dass du Freikarten kriegst.“

Als Nächstes gingen sie zu Luong. Sein Name bedeutete eigentlich Bambusbaum auf Vietnamesisch, doch weil er so klein und dünn war, nannten ihn alle nur Bäumchen.

„Was geht, Bäumchen?“, begann Jonas vorsichtig. „Kennst du dich eigentlich nur gut mit Fußball aus oder kickst du auch selbst?“

Bäumchen zuckte mit den Schultern. Scheinbar war ihm die Frage nicht geheuer. Zu oft war er in den letzten Wochen reingelegt worden und dann zur Zielscheibe eines fiesen Spruchs geworden.

„Warum willst du das wissen?“, antwortete er schließlich.

„Wir suchen noch Spieler für unsere Klassenmannschaft“, verriet Kalil. „Und dich hätten wir gerne dabei!“

Kurz blitzten Luongs Augen auf. Dann aber verblasste das Glänzen wieder. „Klassenmannschaft?“, erkundigte er sich leise. „Heißt das, Mustafa ist auch dabei?“

Jonas nickte. „Also, zugesagt hat er noch nicht“, gestand er. „Aber fragen werden wir ihn und …“

Weiter kam Jonas nicht. Bäumchen unterbrach ihn.

„Die Idee hört sich gut an", lobte Luong. „Aber mit Mustafa wird's nicht funktionieren. Der kriegt doch jedes Team kaputt mit seinen blöden Witzen."

Jonas biss die Zähne zusammen. Eine letzte Möglichkeit sah er noch. „Hättest du ihn lieber in deinem Team oder als Gegner?", fragte er grinsend. Doch Bäumchen lächelte nicht mit.

„Beides nicht", sagte er knapp. „Wenn Mustafa auf einem Platz steht, verlasse ich den Kiez. Oder ich wechsle gleich die Sportart und werde Schachspieler."

Jonas drehte sich um. „Tu das", antwortete er bissig. „Aber verletz dich nicht beim Finger-warm-Machen."

Enttäuschung machte sich in ihm breit. Mit dem Fußballteam wollte er aus zwölf Jungs, die kaum miteinander redeten, eine Gemeinschaft machen. Aber das war scheinbar nur möglich, wenn sie bereits eine Gemeinschaft waren. Wie sollte das funktionieren?

Mustafa und Mesut winkten als Nächste ab.

„Auf Fußball habe ich echt Bock", schwärmte Mustafa. „Aber mit den Jammergestalten aus unserer Klasse kannst du doch keinen Blumenpott gewinnen. Wenn die Gegner Bäumchen oder Pedro sehen, lachen die sich doch kaputt."

Kalil wollte noch zu Alexey gehen, doch Jonas war die Lust auf eine weitere Absage vergangen.

„Wir können den Neuendorf fragen, ob er die Mannschaft im Sportunterricht gründet“, murmelte Jonas. „Wenn wir erst mal spielen, wird das schon was, mit dem Mannschaftsgeist.“

Kalil nickte nur.

Aber er kam nach der Sportstunde mit zu ihrem Lehrer. Bernie Neuendorf war ein super Sportlehrer und ein wahrer Glücksfall. Er konnte nicht nur gut mit den Jungs umgehen, sondern auch mit dem Ball. Eigentlich hatte er Profi-Fußballtrainer werden wollen. Doch seine Eltern überredeten ihn nach der Schulzeit, lieber etwas „Vernünftiges“ zu machen. So hatte er seinen Traum vom Trainer in der Bundesliga gegen miefige Sporthallen eingetauscht.

Er gab den Sportunterricht für die Jungs der Klassen 4a und 4b; die Mädchen hatten Sport bei Frau Dittmer.

„Super Idee!“, fand Bernie Neuendorf. „Ihr habt echt eine coole Truppe zusammen, das kann was werden. Im Unterricht kann ich aber kein Team gründen, das passt nicht in den Lehrplan, sorry.“

Jonas ließ die Schultern hängen. Neuendorf war seine große Hoffnung gewesen. Jetzt zerplatzte der Traum vom Team endgültig wie eine Seifenblase in der Sonne.

Da bemerkte Jonas das Grinsen im Gesicht seines Lehrers. „Aber wenn ihr einen Trainer braucht, bin ich dabei“, versprach er. „Nach der Schule, natürlich. Und die Spieler zu besorgen, das ist euer Job, nicht meiner.“

Jonas ballte die Faust. „Können wir denn auch auf einem der Sportplätze trainieren?“, fragte er nach.

Neuendorf nickte. „Allerdings nur, wenn sie nicht belegt sind …“ Er ging zu einem Schrank und sah auf einen Zettel, der in der Tür klebte. „Hmmm, ist aber eigentlich ständig belegt.“

Er kratzte sich seinen Drei-Tage-Bart.

„Weil ich aber fest an euren Traum glaube und euch auch unterstützen will, mache ich euch ein einmaliges Angebot“, schlug er vor. „Eine Stunde am Tag ist noch frei. Wenn ihr die nehmt, können wir morgen mit dem Training starten.“

Jonas machte einen Luftsprung. „Klar, super, auf jeden Fall!“, jubelte er. „Die Sache ist abgemacht.“

Neuendorf grinste über das ganze Gesicht. „Okay, dann seid morgen früh eine Stunde eher in der Schule“, sagte er. „Das Training beginnt um 7 Uhr.“

Kapitel 6
Training um Mitternacht

Es musste kurz nach Mitternacht sein, als der Wecker von Jonas klingelte. Jedenfalls fühlte Jonas sich so, als hätte er sich gerade erst hingelegt. Sein Handy zeigte 6 Uhr – konnte man zu so einer Uhrzeit überhaupt schon überleben?

Bevor der Schlaf ihn wieder übermannen konnte, rollte Jonas sich aus dem Bett. Er landete auf dem Teppich, sortierte sein Gehirn und stand dann mit wackligen Beinen auf.

„Das ist definitiv nicht gesund ...!“, grummelte Jonas, als er im Bad verschwand. Jetzt musste der größtmögliche Schocker her, damit er wach wurde: Jonas stellte sich unter die Dusche und drehte das kalte Wasser voll auf. Zum zweiten Mal an diesem noch sehr kurzen Tag wollte sich sein Körper gegen Jonas’ Pläne wehren. Doch Jonas blieb eisern. Er zählte bis 60, dann erst drehte er das Wasser ab.

Jonas ballte die Faust. Das war ein echter Heldenmoment. Sein Geist hatte seinen Körper besiegt. Nun war er hellwach und freute sich auf das erste Training der Klassenmannschaft!

Jonas zog sich gleich seine Fußballklamotten an. Er hockte gerade mit einem Power-Müsli am Tisch, als sein Vater die Küche betrat.

„Was machst du denn hier?“, fragte er verschlafen.

Jonas grinste. „Äh, also, in meinem Mietvertrag steht, dass ich die Küche mitbenutzen darf“, antwortete er.

Sein Vater rieb sich die Augen. „Ja, aber doch nicht um diese Uhrzeit ...“

Eine Viertelstunde später waren seine Eltern angezogen und zum ersten Mal im Leben verließ Jonas vor ihnen das Haus.

Unten auf der Straße wartete bereits Kalil. Für ihn war es ein Umweg, bei Jonas vorbeizugehen. Doch scheinbar wollte er auf Nummer sicher gehen, um nicht alleine seine Runden um den Sportplatz drehen zu müssen.

„Was geht?“, fragte Kalil müde und klatschte Jonas ab.

„Ich gebe dir einen Profi-Tipp gratis“, antwortete Jonas. „Eiskalt duschen. Das macht frisch und weckt den Steinzeitmenschen in dir.“

Kalil tippte sich an die Stirn. „Dann bin ich lieber müde."

Jonas warf den Ball auf die Straße. Doch heute gab es keine wilden Verfolgungsjagden. Beide schonten sich für die Aufgaben, die noch auf sie warteten.

„Mal sehen, wer noch alles da ist", murmelte Jonas, als sie das Schulgelände betraten. Sie hatten gestern den Termin für das Fußballtraining angekündigt und einen Zettel an die Klassentür geklebt. Gelesen hatten es alle, aber …

Als Kalil und Jonas um die Ecke bogen, war der Sportplatz leer. Nur Bernie Neuendorf joggte die Laufbahn entlang. Statt einer langen Begrüßung winkte er die Jungs heran. Sie sollten mitlaufen.

„Da haben wir uns ja was Schönes eingebrockt …", grummelte Kalil. „Die zweiköpfige Fußballmannschaft trainiert um 7 Uhr früh!"

Zuerst dachte Jonas genau das Gleiche. Dass es sinnlos war, was sie hier taten. Dass er normalerweise jetzt erst aufstehen würde. Und dass sie alle drei nur ihre Zeit vergeudeten.

Doch nach der dritten Runde änderte sich etwas in ihm. Ein Glücksgefühl stieg in Jonas auf. Es machte einfach Bock, für ein Ziel zu arbeiten. Klar, sie waren kein Team, aber, hey! Dann würden einfach er und Kalil ein paar Tricks von ihrem Sportlehrer lernen. Schaden tat es jedenfalls nicht.

Nach einer Viertelstunde laufen rollte Neuendorf eine Plastikfigur auf den Platz. Er stellte sie genau auf den Elfmeterpunkt. An der linken Ecke des Sechzehners lagen schon drei Bälle bereit.

„Das ist Bulldog, der beste Abwehrspieler der Liga“, verkündete ihr Sportlehrer. „Ihr zirkelt den Ball rechts an dem Typen vorbei ins Tor.“

Jonas fand es sehr cool, mit einer solchen Figur zu trainieren. So eine hätte er auch gerne auf dem Parkplatz hinter dem Jugendklub aufgestellt. Für ihn war das kein Plastikgeselle. Jonas stellte sich automatisch vor, der Kerl wäre aus Fleisch und Blut.

POK!

So trainierten sie noch eine Weile. Neuendorf brachte ihnen Tricks bei, die nur Profis kannten. Jonas und Kalil saugten alles auf wie Schwämme das Wasser. Viel zu schnell war die Stunde um.

Neuendorf klatschte die beiden ab.

„Hat echt Spaß gemacht, Jungs“, lobte er. „Aber noch besser wäre es, wenn die Mannschaft ein kleines bisschen größer wäre.“

Jonas senkte den Kopf und nickte.

„Ich gebe euch zwei Wochen Zeit“, fügte Neuendorf hinzu. „Wenn wir bis dahin nicht mindestens sechs Mann sind, schlafe ich morgens lieber aus.“

Augenblicklich war Jonas’ gute Laune wieder verflogen. Auf dem Weg ins Klassenzimmer grübelte er still vor sich hin: Wie konnten sie es schaffen, die anderen in die Mannschaft zu locken?

An der Tür wartete Mustafa auf die beiden. Als er die verschwitzten Gesichter bemerkte, schüttelte er lachend seinen Kopf.

„Seid ihr echt um sieben auf dem Platz gewesen?“, höhnte er. „Könnte mir nicht passieren! Ich brauche meinen Schönheitsschlaf!“

Alexey lachte. „Hat aber bisher nichts genutzt!“, feixte er.

Mustafa drohte ihm mit der Faust, doch in diesem Moment kam Frau Schnieder in die Klasse, ihre Sachkunde-Lehrerin.

Sofort setzten sich alle.

Jonas konnte sich nicht darauf konzentrieren, was Frau Schnieder sagte. Noch mehr als sonst kreisten alle seine Gedanken nur um Fußball.

So verging der Rest des Dienstags. Am Mittwoch lud Jonas noch einmal alle aus der Klasse zum Training ein. Mehr als Gelächter und dumme Kommentare bekam er aber nicht zu hören.

Am Donnerstagmorgen, beim zweiten Training, waren wieder nur Kalil und Jonas da. Mit verkniffenem Gesicht trabte Jonas auf den Platz. Am liebsten wäre er wieder nach Hause gegangen und hätte sich für den Rest des Tages im Bett verkrochen. Er war so verdammt enttäuscht von seiner Klasse!

Bernie Neuendorf jedoch ließ sich davon nicht anstecken.

„Kopf hoch, Jonas!“, forderte er. „Gib den anderen nicht so viel Macht über dich. Wir drei haben unseren Spaß, den kann uns keiner nehmen.“

Jonas nahm sich die Worte seines Trainers zu Herzen. Und es stimmte. Wenn er nicht an die anderen aus seiner Klasse dachte, konnte er das Training richtig genießen. Bulldog verteidigte das Tor diesmal von einer anderen Stelle aus. Heute sollten sie ihn nicht mit einem Freistoß bezwingen, sondern zu zweit ausspielen.

Kalil lief auf den Plastikkameraden zu und legte

kurz vor ihm auf Jonas quer. Jonas nahm den Ball an, zog an Bulldog vorbei und spielte dann Doppelpass mit Kalil. Kalil bekam das Leder zentimetergenau auf den Fuß geliefert und musste nur noch abziehen. Mit einem satten Klatschen flog der Ball in die Maschen.

„1:0!“, jubelte Kalil. „1:0“, brüllte auch Jonas. Die beiden Freunde drehten einen Jubelkreisel an der Strafraumgrenze. Es fühlte sich beinahe wie ein richtig wichtiges Tor an. Als Jonas wieder aufblickte, bemerkte er einen Umriss am Spielfeldrand.

Kapitel 7
Das Team wächst … auf drei

Am Donnerstag blieben Demba nur fünf Minuten Training, bevor sie zum Unterricht mussten. Dabei stand er auf dem Platz eher schüchtern im Weg, als irgendetwas Spannendes mit dem Ball anzufangen.

Trotzdem klopfte Jonas ihm danach anerkennend auf die Schulter.

„Super, dass du dabei bist“, lobte er seinen Klassenkameraden.

Demba nickte stumm, sagte aber nichts.

In der folgenden Woche war er jedoch pünktlich auf dem Sportplatz – sogar vor Jonas und Kalil. Nach dem Aufwärmen machte Neuendorf Kopfballübungen mit ihnen. Hier deutete Demba erstmals an, was er draufhatte. Er konnte nicht nur springen wie ein Känguru. Demba schaffte es auch, mächtig Druck hinter den Ball zu bekommen. Er hielt nicht einfach nur seine Birne hin, sondern gab dem Leder immer eine neue Richtung. So waren seine Kopfbälle für keinen Torwart der Welt auszurechnen.

„Hammer!“, platzte Jonas heraus, als Demba zum dritten Mal hintereinander einen Ball an Neuendorf vorbei ins Tor geköpft hatte.

Demba grinste schüchtern, aber er freute sich sichtlich.

Mit jedem Tor taute er mehr auf. Anfangs war Demba den Zweikämpfen noch aus dem Weg gegangen. Gegen Ende des Trainings jedoch drängte er mit vollem Körpereinsatz Jonas, Kalil und sogar ihren Lehrer zur Seite, um an den Ball zu kommen.

Jonas erkannte in ihm einen Bruder. Demba war genauso besessen von Fußball wie er selbst. Und Demba gab keinen Ball verloren. Er würde einen Gegner wohl auch bis zum Nordpol verfolgen, wenn der den Ball hatte. Solche Männer brauchte Jonas im Team!

Viel zu schnell war das Training vorbei. Doch die gute Stimmung nahmen die drei mit ins Klassenzimmer.

An der Tür wollte Mustafa wieder einen seiner Sprüche bringen. Doch Demba kam ihm zuvor.

„Mach Platz, Helden betreten den Raum“, verkündete er mit so einem Ernst, dass Mustafa auf der Stelle zur Seite ging.

„Helden?“, tönte Luong und grinste.

Demba sah nur von oben auf Bäumchen herab. „Klar, was sonst!“, wiederholte er. „Während ihr noch wie Babys im kuscheligen Bettchen liegt, fließt bei uns echter Männerschweiß.“

Luong wollte etwas sagen, aber ihm fiel offenbar keine passende Antwort ein. Jonas und Kalil warfen sich schmunzelnde Blicke zu.

In der Pause pirschte sich Dimitri aus der 3b an Jonas und Kalil an. „Alexey sagt, ihr habt ’ne Fußballmannschaft?“, wollte er wissen. „Was macht ihr da so im Training?“

Noch vor ein paar Tagen hätte Jonas ihn halb tot gequatscht. Jetzt aber änderte er seine Taktik. Demba hatte es ihm vorgemacht. Überreden funktionierte nicht. Man musste aus dem Team ein Geheimnis machen, ein Mysterium. Nur so wurden die anderen neugierig und bettelten darum, mitmachen zu dürfen. Hoffentlich …

„Das ist geheim“, antwortete Jonas deshalb. „Deshalb trainieren wir auch noch vor der Schule. Da schlafen unsere Gegner noch.“

Kalil stupste wie abwesend eine Limo-Dose von einem Fuß zum anderen. „Kannst ja mal am Donnerstagmorgen vorbeikommen, wenn du es ganz genau wissen willst. Ob du mitmachen darfst, entscheiden dann alle Spieler. Das nennt man Demokratie …“

Schwer beeindruckt schwirrte Dimitri ab. Kalil und Jonas grinsten sich an.

„Scheint zu funktionieren“, zischte Jonas seinem Kumpel zu.

Kaum standen sie wieder alleine, näherte sich Luong.

„Hi, was geht?“, fragte er beiläufig.

Jonas versuchte nicht zu lachen. Es war so offensichtlich, was Bäumchen von ihnen wollte!

„Läuft“, antwortete er nur knapp.

Luong trippelte unruhig von einem Fuß auf den anderen.

„Ach, und wie läuft's mit dem Team?“, hakte er schließlich nach. „Ist Mustafa dabei?“

Kalil zuckte mit den Schultern. „Bei uns können Kicker der 3a und 3b mitmachen“, sagte er geheimnisvoll. „Wer genau dabei ist, sollte nur unsere Gegner interessieren. Und die, das kannst du mir glauben, die machen sich jetzt schon vor Angst in die Hosen.“

Jonas nickte ernst. „Demba ist ein echter Killer vor dem Tor“, sagte er ehrlich. „Selbst die Grashalme machen Platz, wenn er angerauscht kommt.“

Luong massierte sich die Hände, brachte seine nächste Frage aber einfach nicht über die Lippen.

Während der letzten Stunden genoss Jonas einfach sein Leben. Er lehnte sich auf seinem Stuhl zurück und beobachtete die Klassenkameraden. Alle

Jungen steckten die Köpfe zusammen und tuschelten, sobald Frau Hülsmann sich umdrehte.

Jonas verstand Worte wie: *So früh aufstehen! Killer vor dem Tor! Training. Dienstag. Neuendorf.*

Als die Glocke den Schultag beendete, stand Jonas auf.

Jonas genoss die Stille im Raum. Tatsächlich gab niemand einen blöden Kommentar zum Besten wie sonst.

„Und nun das vielleicht Wichtigste: Nötiger als neue Mitspieler brauchen wir einen Namen", verkündete Jonas. „Er soll cool sein und natürlich etwas mit Fußball zu tun haben. Ich bitte alle, sich Gedanken zu machen. Das ist schließlich unser Klassenteam. – Danke!"

Jonas setzte sich wieder und packte seelenruhig seine Schultasche. Am Gemurmel auf dem Gang hörte er, dass seine kleine Rede angekommen war. Er hatte den Spieß umgedreht. Nicht er und Kalil bettelten darum, neue Spieler zu bekommen. Seine Klassenkameraden mussten ihn nun fragen, ob sie überhaupt dabei sein durften.

Als Jonas von seiner Tasche aufsah, stand Demba neben ihm.

„Habt ihr schon abgestimmt, ob ich dabeibleiben darf?", wollte er besorgt wissen.

Kalil legte Demba die Hand auf die Schulter. „Du musst nicht fragen", antwortete er. „Denn du hast das Team gerettet. Wegen dir sind alle neugierig geworden. Danke, Bro!"

Kapitel 8
Drei + vier = acht

Donnerstag, Trainingstag. Selten war Jonas so aufgeregt zur Schule gegangen wie an diesem Morgen. Sein ganzer Körper war angespannt. Überall kribbelte, gluckerte oder juckte etwas. Es kam Jonas vor, als hätte er die Nacht über in einem Ameisenhaufen geschlafen.

Wer kam gleich zum Training? – Das war die Frage, die er sich unentwegt stellte.

Luong? Obwohl Mustafa nicht mehr ganz so gegen das Team war?

Atze? Obwohl vielleicht auch Alexey auftauchte?

Oder Pedro? Obwohl er im Sportunterricht einen Ball ungefähr so behandelte wie andere Jungs eine Orange?

Kalil hatte auch keine Ahnung. Niemand hatte sich in ihrem Klassen-Chat angekündigt. Eine Weile gingen sie schweigend nebeneinanderher durch ihren Kiez. Der Vater von Achmed aus der 3b öffnete gerade seinen Gemüseladen.

„Seid ihr aus dem Bett gefallen?“, wollte er gleich wissen. „Oder habt ihr heute Wandertag?“

Jonas schüttelte den Kopf. „Weder noch“, antwortete er. „Unser Klassenteam hat jetzt Fußball-Training.“

Achmeds Vater nickte anerkennend.

Das machte Jonas sehr stolz und etwas zuversichtlicher. Seine Aufregung verschwand trotzdem nicht.

Kalil blieb skeptisch. „Hoffentlich ist außer uns beiden überhaupt jemand da“, murmelte er. „Training ist toll, wenn ich auf dem Platz stehe. Aber wenn um 6 Uhr der Wecker klingelt, ist liegen bleiben schöner!“

Jonas hätte gerne das Gegenteil behauptet. Doch es stimmte natürlich. Das frühe Aufstehen war ein echter Kampf. Man musste seinen inneren Schweinehund besiegen, der einen zum Weiterschlafen verführen wollte. Aber wenn Jonas dann auf dem Platz stand, dann war er doppelt stolz.

Obwohl Kalil und Jonas zehn Minuten zu früh da waren, baute Bernie Neuendorf schon alles für die Einheit auf. Er schleifte Bulldog am Kinn hinter sich her über den Rasen.

Jonas blickte sich um. Außer dem Trainer und dem Verteidiger aus Plastik war niemand da.

„Na, toll“, stöhnte er. „Da sind wir also wieder ganz am Anfang …“

Jonas schleuderte seinen Rucksack in die Ecke. Am liebsten wäre er gleich wieder umgekehrt und hätte sich im Bett verkrochen. Aber das wollte er seinem Sportlehrer nicht antun. Der quälte sich genauso wie Kalil und er eine Stunde früher aus dem Bett. Er hatte es verdient, dass Jonas trotz der Uhrzeit alles gab.

„Guten Morgen, Jungs!“, grüßte Neuendorf fröhlich. Ihm konnte scheinbar nichts die gute Laune verderben. „Ich schaut ja sowieso schon muffelig, dann bekommt ihr von mir jetzt den Grund dazu: vier Runden warm laufen!“

Der Trainer grinste. Jonas rollte mit den Augen, setzte sich dann aber doch in Bewegung.

Nach einer halben Runde tauchte Demba plötzlich am Spielfeldrand auf. Jonas merkte, wie sich sein Magen entkrampfte. Immerhin Demba hielt dem Team die Treue! Demba flitzte sofort los und holte Jonas, Kalil und Neuendorf nach 400 Metern ein.

„Alles klar? Ja? Bei mir auch!“, murmelte er nur. Dann konzentrierte Demba sich weiter aufs Laufen.

Und dann passierte etwas, was Jonas nie im Leben zu hoffen gewagt hatte: Vier weitere Jungs aus ihrer Klasse liefen von der Sporthalle her auf den Platz zu.

Trotz der frühen Stunde waren sieben Leute da:

Kalil, Jonas, Demba, Mustafa im Tor, Bäumchen, Atze und Hakim!

„Ach, hier seid ihr!“, brüllte Mustafa. „Wir haben an der Halle gewartet.“

Neuendorf hob den Daumen. „Einmal lasse ich das als Ausrede gelten“, sagte er, als der Lauftrupp bei den anderen eintraf. „Aber die zwei Runden holt ihr noch nach.“

Jonas rechnete mit Protesten, doch selbst Mustafa setzte sich ohne einen Kommentar sofort in Bewegung.

Nach vier Runden standen alle schnaufend im Sechzehner neben Bulldog.

„Willkommen!“, sagte Neuendorf nun noch förmlich. „Das sieht ja langsam schon nach Mannschaft aus. Dann wollen wir das auch nutzen.“

Ihr Trainer teilte zwei Teams zu je vier Mann ein, aufs halbe Spielfeld.

„Hat jemand von euch schon mal im Tor gestanden?“, wollte er wissen.

Sofort schoss Mustafas Hand nach oben. „Hier, ich!“, brüllte er. „Ich spiele immer mit meinen Cousins, da halte ich jeden Ball!“

Jonas sah zu Kalil. Sein Freund grinste. Mustafa musste wie immer gnadenlos übertreiben. Heute aber wirkte das irgendwie sympathisch und nicht ätzend wie sonst.

„Äh, Trainer, Moment …“, meldete sich Luong schüchtern. „Vier gegen vier geht nicht, wir sind doch bloß sieben.“

Neuendorf ging einen Schritt zur Seite und legte seine Arme dem Plastikkerl auf die Schulter.

„So? Sind wir das?“, antwortete er. „Würdest du das auch wiederholen, wenn du in Boxweite vor Bulldog stehst?“

Bäumchen lächelte unsicher. Aber zu seinem Glück kam er in Team Rot mit Bulldog. Dazu Mustafa im Tor und Demba im Sturm.

Team Blau waren Jonas, Kalil, Hakim und Atze.

Fluchend schlängelte Atze sich in sein blaues Leibchen.

„Det is doch blooß wieda für kleene Mädchen jemacht …“, schimpfte er.

Doch es kam noch schlimmer für ihn. Jonas teilte sich in den Sturm ein, Kalil sollte ihn mit Flanken füttern und Hakim hinten wie eine Eins alle Bälle weghauen. Blieb für Atze also nur der Job als Torwart.

„An manche Tage könnt ick direkt aus'n Fenster springen. Wenn's nur nich so hoch ruff jinge – ick wohn doch im Keller“, grummelte er, fügte sich dann aber doch seinem Schicksal.

Kapitel 9
Der Zug kommt ins Rollen

Jonas war zappelig wie am Abend vor Weihnachten. Das alles kam ihm wie ein Traum vor. Da stand er, auf einem Fußballplatz. Mit seinem besten Freund Kalil im Mittelkreis! Zwischen ihnen ein Fußball. Vor, hinter und neben ihnen die Jungs aus seiner Klasse. Jeder hatte seine Macke. Aber jeder war auf seine Art auch ein echt feiner Kerl, daran glaubte Jonas ganz fest. Diese Mannschaft hier war seine Idee gewesen. Und wenn Bernie Neuendorf jetzt in seine Pfeife pustete, dann war das ein Signal wie auf dem Bahnhof: Der Zug kam ins Rollen!

Jonas lächelte in sich hinein. Züge, die einmal rollten, konnte gar nichts mehr aufhalten. So würde es auch mit der Klassenfußballmannschaft sein. Grrr! Was für ein Wort! Schon es zu denken fiel Jonas schwer. Was sie wirklich dringend brauchten, war ein knackiger Name für ihr Team.

Aber nicht jetzt. Jetzt ertönte Neuendorfs Pfiff – und jetzt wurde gekickt!

Jonas tippte den Ball an. Es war gerade fest genug, um die Kugel zu Kalil zu schieben. Kalil wollte auf

Mustafa zulaufen, doch da stellte sich ihm ein Kleiderschrank in den Weg. Demba war wie ein wilder Stier auf den Anstoßkreis zugejagt. Ehe Kalil reagieren konnte, hatte Demba ihm den Ball schon vom Fuß geklaut. Demba schlug ein, zwei Haken, legte sich den Ball dann aber einen Ticken zu weit vor. Hakim ging mit dem nötigen Respekt dazwischen und spitzelte den Ball ins Aus.

„Danke, Mann!", rief Kalil ihm zu. „Hast einen gut bei mir!"

Den fälligen Einwurf führte Luong aus – er war ja der einzige andere Spieler der Roten, der sich bewegen konnte. Bulldog verharrte vor Mustafas Kasten.

Während Jonas noch grübelte, wem Bäumchen denn da den Ball zuwarf, tankte sich schon wieder Demba an ihm vorbei. Luongs Einwurf war verdammt weit. Erst kurz vor Atzes Kasten senkte er sich aus den Wolken wieder zur Erde. Da wartete Demba und wuchtete das Ding mit der Stirn an Atze vorbei ins Tor.

„Na, dit kannja heita werden, wa?", grummelte Atze.

Jonas schüttelte verwirrt den Kopf.

„Wie ist Demba denn da so schnell hingekommen?", wollte er von Kalil wissen. „Hat der einen Zwilling auf den Platz geschmuggelt?"

Demba grinste. Verzweifelte Gegner waren das

beste Kompliment, das wusste Jonas nur zu gut. Außerdem waren Bäumchen und Mustafa zu ihm gelaufen und klatschten ihren Torschützen ab.

„Für den wurde der Begriff Kopfballungeheuer erst erfunden“, vermutete Hakim.

Doch dann war es genug mit Bewunderung, fand Jonas. Respekt vor den Menschen auf dem Platz? Ja! Respekt vor einem Team? Nein! Er würde auch gegen Real Madrid spielen und hätte nicht die Hosen voll, so viel war ja mal klar. Jetzt würde Jonas mal zeigen, was Kalil und er draufhatten. Das tägliche Üben auf den Straßen und Parkplätzen vom Kiez musste sich doch auch auf einem richtigen Spielfeld auszahlen!

„Also, noch mal das Gleiche“, zischte Jonas Kalil zu. Einmal waren sie von Dembas Angriffswucht überrumpelt worden. Ein zweites Mal würde ihnen das nicht passieren!

Als ihr Trainer pfiff, lief Jonas deshalb sofort Richtung Tor von Mustafa. Kalil und er verstanden sich blind.

Wirklich verstand Kalil die stillen Signale seines Kumpels. Er hob den Ball diesmal über den heranstürmenden Demba hinweg in den freien Raum.

Das heißt, der Raum war frei, bevor Jonas genau dorthin rannte, wo der Ball wie eine reife Pflaume ins Gras tropfte. Jonas nahm ihn aber nicht an, sondern lenkte die Pocke mit einer kleinen Berührung rechts um Luong herum. Jonas selbst sprintete auf der rechten Seite an ihm vorbei. Bäumchen machte ein bedröppeltes Gesicht. Er versuchte sich selbst in der Mitte zu zerreißen, damit er seine beiden Aufgaben erledigen konnte: Gegner aufhalten, Ball weghauen. So gelang ihm gar nichts davon.

Als Jonas Bäumchen umkurvt hatte, nahm er den Ball geschickt mit. An Bulldog hatte Jonas sich schon gewöhnt, der jagte ihm keine Angst mehr ein.

„Aus dem Weg, Pappheini!“, rief Jonas im Vorbeilaufen. Dann war der Weg endlich frei. Nur noch Mustafa stand zwischen ihm und dem 1:1.

„Mal sehen, ob ich mehr draufhabe als deine Cousins!“, dachte er und zog ab. Mustafa war mit Demba der Größte in der Klasse. Also schoss Jonas flach. Wenn er den haben wollte, musste Mustafa schneller zu Boden gehen als ein Boxer beim K.O.

Und genau das tat er!

Zwar hatte Jonas den Ball voll getroffen. Zwar waren es nur knappe zehn Meter bis zum Tor. Doch Mustafa hechtete genau im richtigen Moment los. Er landete im Gras. Jonas glaubte, jeden Knochen in Mustafas Leib knacken zu hören. Trotzdem schien der Ball an ihm vorbeizuzischen. Da passierte etwas Besonderes: Das Weiße in Mustafas Augen blitzte auf. Jonas kannte so einen Blick von sich selbst, er wusste, wie es sich anfühlte – und er wusste, was es bedeutete: Mustafa wollte diesen Ball haben. Es war der erste Schuss, den er vor seinem Trainer und dem gesamten Team auf den Kasten bekam. Den würde er nicht reinlassen! Dafür setzte er auch alle Naturgesetze außer Kraft. Mustafas Arme wurden länger und länger, als hätte er genau für diesen Zweck noch einen halben Meter Knochen im Körper geparkt. Kurz vor Mustafa setzte der Ball kurz auf und hob wieder ab. Mustafa aber gelang es irgendwie, die Finger noch nach oben zu bekommen. Er patschte mit den Kuppen gegen das Leder und gab ihm so den entscheidenden Dreh. Nur drei Zentimeter am Pfosten vorbei sauste der Ball ins Aus.

Jonas war sprachlos. War das alles gerade wirklich geschehen?

POK

Hakim nickte. „Das ist die Geburtsstunde eines Nationaltorwarts …“, glaubte auch er.

Sogar Neuendorf klatschte. „Sorry“, entschuldigte er sich. „In so einem Fall darf auch der Unparteiische mal Fan sein. Das war saustark gehalten, Mustafa!“

Anschließend gelang es Jonas und Kalil aber doch noch, Mustafa zu überwinden und Tore zu schießen. Dieser Morgen war einfach nur genial. Vor allem, weil um kurz nach halb acht auch noch Lena und Aishe auf dem Platz auftauchten. Jonas hängte sich noch mehr rein, es machte alles einen Riesenspaß!

„Habt ihr schon einen Namen?“, wollte Lena nach Ende des Trainings wissen.

Jonas schüttelte den Kopf. Auch, weil er zum Antworten zu platt war.

„Dann lasst uns doch heute Nachmittag in der Eisdiele treffen“, schlug Aishe vor.

Lena grinste.

„Wir geben euch eine letzte Chance“, fügte sie hinzu. „Vielleicht kriegt ihr Jungs ja doch nicht jede Stimmung kaputt.“

Jetzt lachte Demba laut.

„Könnte klappen“, sagte er. „Es geht doch um Fußball!“

Kapitel 10
Eis mit Aishe

Als Jonas nach der Schule nach Hause kam, machte er seine Hausaufgaben in Rekordzeit. Die Worte sprangen nur so aus seinem Füller auf die weißen Blätter der Hefte.

Das war ein Bombentag gewesen! Nach dem Training hatte das ganze Team einen Witz nach dem anderen gerissen. Aber nicht wie früher dumme Sprüche auf Kosten anderer. Sie lachten gemeinsam, nicht übereinander, das gefiel Jonas verdammt gut. Und jeder machte sich auch über sich selbst lustig.

Als Luong von Aishes Einladung hörte, brüllte er durch die ganze Klasse: „Reisdiele? Lecker! Da komme ich hin!“

Jonas hatte richtig Lust auf den Rest des Tages mit seinen Klassenkameraden.

Tatsächlich war er sogar einer der Letzten, die am Treffpunkt ankamen. Aishe, Lena und Ekatarini waren schon da. Von den Jungs außerdem Kalil, Demba, Bäumchen, Mustafa, Hakim und Dimitri aus der 3b.

Sie hatten sich für einen Tisch draußen entschieden, denn das Wetter passte zu Jonas' guter Laune.

Als Jonas alle abgeklatscht hatte, sprach Dimitri ihn gleich an.

„Hey, Jonas, stimmt das?“, wollte er wissen. „Wir von der 4b können auch im Team mitmachen?“

Jonas nickte.

„Klar, wer was draufhat und verlässlich ist, ist dabei“, erklärte er noch mal. „Kannst es gerne in der ganzen Klasse verbreiten. Training ist Dienstag und Donnerstag, immer um 7 Uhr vor der Schule.“

Kalil lachte. „Wenn du uns einen Namen für das Team lieferst, musst du auch gar nicht mehr vorspielen“, versprach er. „Dann bist du auf jeden Fall dabei.“

Zehn Minuten später standen zehn Eisbecher auf dem Tisch. Jonas hatte sich für das Waldfrucht-Wunder entschieden. Alles war voll mit Blaubeeren, Himbeeren und Brombeeren. Lecker!

„Okay“, begann Aishe, nachdem sie ihren Löffel genüsslich abgeleckt hatte. „Wir sollten ja alle über einen Namen nachdenken. Das haben wir drei getan. Irgendwas mit Tieren wäre gut.“

Mustafa verdrehte die Augen. „Die Pfosten-

Ponys, ich wusste es!“, tönte er. Dabei lachte er aber anders als sonst, nicht abwertend, sondern einfach nur lustig. Deshalb lachten auch alle mit.

„Nee!“, johlte Luong. „Die Einhornkicker.“

„Nicht schlecht“, antwortete Lena mit gespieltem Ernst. Sie tat so, als würde sie ernsthaft über den Vorschlag nachdenken. „Aber vielleicht finden wir noch etwas Besseres.“

Demba nickte. „Viecher sind gut“, fand er. „Aber es müssen Furcht einflößende Tiere sein. Giftige oder mutige, die sich in jeden Kampf werfen. So wie wir …“

Kalil grinste. „Du bist doch der Afrikaner, Demba“, zog er seinen Klassenkameraden auf. „Was habt ihr denn für Haustiere? Löwen? Nashörner? Eine schwarze Mamba?“

Demba nickte. „Ja, alle drei“, antwortete er cool. „Und ein Krokodil in der Badewanne. Aber wir sind Freunde. Wenn ich das täglich mit Katzen füttere, beißt es nur selten.“

Mustafa klopfte Demba auf die Schulter. „Ehre, Bruda!“, lobte er.

Alle lachten. Dann schlug Jonas mit seinem Löffel gegen den Eisbecher.

„Können wir bitte mal wieder ernst werden“, bat er. „Zum Quatschmachen ist nachher noch genug Zeit, wenn wir Ball-Bisons heißen. Oder so.“

Mit dem Ernst wurde es zwar nichts, aber immerhin gelang es dem Trupp, eine Liste von möglichen Namen zusammenzustellen. Als jeder das Gefühl hatte, sein Kopf würde nun wirklich keine Idee mehr hergeben, las Jonas sie noch einmal durch.

Auf dem Zettel standen:

TORANNOSAURUS
REX
DIE
THOR
HAMMER
KREUZBERGER
KREUZOTTERN
GOAL
GORILLAS

Jonas fand alle ganz okay. Dann aber stellte er sich vor, wie sie in einem fremden Stadion als Goal-Gorillas vorgestellt wurden. Das konnte verdammt cool klingen – aber auch superdämlich. Nein, so richtig haute ihn keiner der Namen um. Er war gespannt, welcher das Rennen machen würde.

„Jeder hat sechs Stimmen", erklärte Jonas die Regeln. „Du kannst alle sechs einem Namen geben oder sechs Namen je eine Stimme, je nachdem, wie gut du den Namen für unser Team findest. Drei, zwei, eins geht auch – wie ihr wollt."

Jonas zückte den Stift und wollte gerade mit Dimitri beginnen, als neben ihm ein Fahrrad auf den Boden schepperte. Atze stand mit hochrotem Kopf daneben.

Puh! Was de nich im Kopp hast, musste in die Beene haben, wa?
Icke also ruff auf 'n Drahtesel und wie 'n Tornado herjerast!
Was hast du da eben gesagt?
Dass ick auf's Fahrrad bin und dann herjefahren? Wie 'n Tornado?
Leute, ich hab's!
Wir heißen "Die Fußball-TORnados!"

Kapitel 11

Opa Emil weiß Rat

Die Fußball-TORnados!

Der Name, den Jonas für ihr Team gefunden hatte, ging wie ein Lauffeuer durch die Goethe-Schule in Berlin Kreuzberg. Es schien ihm, als redeten die Schüler in keiner der Klassen mehr über ein anderes Thema. Der Name war aber auch einfach unschlagbar. Er klang geheimnisvoll, ein bisschen magisch und jeder hatte sofort ein Bild im Kopf. Wer die Worte hörte, dachte automatisch an Spieler, die jede Abwehr durcheinanderwirbelten. Tornados hatten eine unzähmbare Wucht, und niemand konnte sie aufhalten, selbst die stärksten Mauern nicht. Zack! Genau das wollten Jonas und seine Klassenkameraden sein!

Beim nächsten Training waren sie schon zu zehnt. Arsim war gekommen, außerdem Dimitri. Er hatte Paul aus der 3b mitgebracht. Am Spielfeldrand drängelten sich ab halb acht auch schon Erst- und Zweitklässler. Sie träumten jetzt schon davon, eines Tages auch eine eigene Mannschaft zu gründen.

Es machte Riesenspaß, den Fußball-TORnados zuzuschauen. Da war Jonas sich sicher. Dreißig Minuten übten sie Schusstechniken, dreißig Minuten gab's ein Trainingsspiel. So war zumindest die Idee. Da sie sich aber auch noch aufwärmen mussten, schrumpfte die Übungseinheit auf zwanzig Minuten. Und weil Frau Hülsmann sich schon zweimal über ihre Unpünktlichkeit beschwert hatte, mussten sie auch das Spiel abkürzen.

Am Ende hatte Bernie Neuendorf eine Überraschung für die Jungs, die ihnen fast den Boden unter den Füßen wegriss. „Was macht ihr denn am Samstag in zwei Wochen?“, wollte er wissen.

„Wir kucken Bundesliga“, antwortete Kalil am schnellsten.

„Nein, das tut ihr nicht“, widersprach ihr Trainer. „Ich habe ein paar meiner Kollegen angefunkt. Die Beethoven-Schule hat auch ein Fußballteam. Ich habe ein Freundschaftsspiel vorgeschlagen ...“ Der Rest seiner Ansprache ging im Jubel unter.

Jonas ballte die Faust. „Yes!“, brüllte er. Die Fußball-TORnados wurden mit Riesenschritten eine richtige Mannschaft.

Dann aber fiel ihm etwas anderes ein. Zwar

hatten heute zehn Mann auf dem Platz gestanden, aber richtig zusammengespielt hatten sie nicht. Dafür kannten sich alle noch viel zu wenig. „Können wir auch schon um 6 Uhr 30 anfangen?“, fragte Jonas. „Kaum sind wir auf dem Platz, müssen wir schon in den Unterricht. Wir haben einfach zu wenig Zeit.“

Bernie Neuendorf schüttelte den Kopf.

„Ich bin ja wirklich fußballverrückt“, sagte er. „Aber so verrückt nun auch wieder nicht.“

Die anderen Spieler waren seiner Meinung. Und wenn Jonas ehrlich war, auch er selbst.

„Gibt's denn in ganz Kreuzberg keinen anderen Fußballplatz für uns!“, fluchte er auf dem Weg ins Klassenzimmer. „Jungs, ich will, dass jeder sich umhört. Aber nicht nur irgendwie so ein bisschen. Ich will, dass ihr die Leute ausquetscht wie Saftorangen.“

Am Wochenende hörten Jonas und Kalil sich im Kiez und im Jugendclub um. Doch niemand wusste etwas über freie Plätze. Nichts. Jonas' Smartphone blieb ebenfalls stumm. Keiner aus dem Tornado-Chat hatte Erfolg.

Umso mehr wunderte Jonas sich, als er am Montag die Schule betrat. Denn Atze begrüßte ihn mit einem breiten Grinsen.

„Was haste denn so gute Laune?“, nörgelte Jonas.

Atze grinste wie ein Schimpanse. „Ick hab eenfach

’n schlaues Bürschken um Rat jefracht, wa. Mein’ Opa Emil. Und den besuchen wa heute Abend.“

Mehr verriet Atze nicht, so sehr die übrigen neun TORnados ihn auch löcherten.

So erreichte Atze aber auf jeden Fall eins: Am frühen Abend waren alle neun Spieler am vereinbarten Treffpunkt. Nur Atze fehlte.

Jonas wunderte sich immer mehr. Weit und breit war kein Haus zu sehen, sondern nur Straße und ein kilometerlanger, zwei Meter hoher Zaun aus grünem Maschendraht. Sie standen am Tor, direkt über sich entdeckte Jonas ein Schild: *Schrebergartenkolonie Schneewittchen.*

„Sollen wir hier zwischen den Erdbeeren kicken?“, fragte Mustafa.

„Klar!“, rief Luong. „Immer um die Zwerge herum!“

Zwei Minuten später öffnete sich das Tor – von innen. Atze hob die Hand zum Gruß.

„Komm Se rin, könn Se rauskieken!“, sagte er. Alle folgten ihm mit Fragezeichen in den Augen. Über einen breiten Kiesweg ging es in die Kolonie hinein. Links und rechts führten niedrige Türen in die Gärten. Überall wurde Unkraut gejätet, Erde aufgehackt oder Kompost umgewühlt. In manchen Gärten hockten die Pächter vor ihren Grills oder spielten Karten.

Jonas blickte sich staunend um. Das hier war eine völlig unbekannte Welt für ihn. Mitten in Berlin hatte man das Gefühl, auf dem Land zu sein. Den anderen schien es ähnlich zu gehen. Atze jedoch grüßte beinahe jeden – und jeder ihn.

Deshalb wunderte Jonas sich auch kein bisschen mehr, als Atze eine der Türen öffnete und sie alle in den Garten dahinter winkte.

„Kommen Se rin … Ach, nee, dit hatten wa ja schon“, sagte er.

Jonas staunte. Er hatte noch nie einen so schönen Garten gesehen: überall Blumen, Gemüsebeete und Beerenbüsche. Einen großen Kirschbaum und einen Apfelbaum gab es auch. Die Hütte am Ende des Rasens, aus weißen Steinen und dunklem Holz gebaut, gefiel Jonas ebenfalls sehr gut. Und der Mann, der jetzt aus der Tür kam …

„Dit is mein Opa Emil“, stellte Atze vor. „Ick wohn bei ihm, müsst ihr wissen. Also, nich hier, inne Wohnung. Aber unser Essen, dit bauen wa hier selbst an.“

Atzes Opa hob die Hand. Ihn freuten die staunenden Blicke der TORnados. „Wer Jott vertraut und Bretter klaut, der hat 'ne billje Laube“, sagte er.

Kalil lachte. „Jetzt wissen wir endlich, woher Atze seine schlauen Sprüche hat“, sagte er. „Aber deswegen sind wir bestimmt nicht hier, oder?“

Opa Emil kam gleich zur Sache. „Ick hab jehört, ihr seid in Not. Ick liebe den Fußball ja nu auch. Deshalb … Ach, kommt eenfach ma mit."

Jonas sah Kalil an. Sein bester Freund zuckte mit den Schultern. Noch immer hatte niemand von ihnen eine Ahnung, was all das hier mit Fußball und den TORnados zu tun haben sollte.

Fünf Minuten später wussten sie es. Opa Emil hatte sie zu einem Platz geführt, einem richtigen Fußballplatz, mitten zwischen den Gärten. Die Tore hatten sogar Netze! Am Spielfeldrand war ein Kiosk. Ein paar Männer standen davor und tranken Bier. „Wat machsten du hier mit di Grünschnäbel, Emil?", wollte einer von ihnen wissen.

Atzes Opa hob die Hände zum Himmel, als erwarte er die Antwort von da oben. „Jungs brauchen een Platz zum Kicken", erklärte er. „Sonst jehen se ein wie die Primeln. Hier können se trainieren, bis se so jut werden wie icke. Außer mich und die Alten Herren spielt doch hier kena mehr."

Die drei Männer am Kiosk stimmten Emil zu. Und auch sie gaben die Erlaubnis. Die Fußball-TORnados durften hier rund um die Uhr trainieren, außer wenn die Alten Herren kickten. Das war aber nur an einem Abend in der Woche.

„Männer!", rief Luong noch auf dem Platz. „Opa Emil jehört een Denkmal jebaut!"

Kapitel 12
Aus elf Spielern wird ein Team

Von jetzt ab trafen sich die Fußball-TORnados beinahe jeden Nachmittag in der Schrebergarten-Kolonie. An zwei Tagen in der Woche war richtiges Training. Bernie Neuendorf schleppte dann Bulldog in sein Auto und fuhr den Plastikverteidiger zu seinem neuen Arbeitsplatz.

Die restlichen Tage kickten die Jungs der Klassen 4a und 4b ohne Trainer. Dabei lernten sie fast noch mehr, fand Jonas. Nicht, weil Neuendorf schlecht war oder keine Lust mehr hatte. Sondern weil die TORnados sich so am besten aneinander gewöhnten.

Jeder spielte mal auf jeder Position. Doch schon nach einer Woche hatte sich herausgestellt, wer was am liebsten machte – und am besten konnte.

Bäumchen war in der Abwehr ein echter Mammutbaum. An ihm kam kaum jemand vorbei. Er grätschte jedem den Ball vom Fuß.

Demba pflügte den Platz um wie ein Wasserbüffel. Wer sich ihm in den Weg stellte, musste schon lebensmüde sein.

Jonas und Kalil spielten im Mittelfeld. Jonas als Hilfe für den Stürmer, Kalil fütterte ihn und Demba mit leckeren Flanken.

Paul und Achmed aus der 3b waren geborene Verteidiger, Hakim ebenso. Arsim, Atze und Dimitri waren stark hinter den Spitzen.

Und Mustafa war als Torwart sowieso gesetzt.

Das Spiel gegen die Beethoven-Schule sollte sieben gegen sieben auf einem halben Platz stattfinden. So hatten die TORnados trotz ihrer elf Mann genügend Auswechselspieler.

Jonas verhängte einen Aufnahmestopp für neue Spieler. Erst mussten diese elf ein Team werden. Sie mussten funktionieren wie eine gut geölte Maschine. Wie Zahnräder in einem feinen Uhrwerk sollten die einzelnen Mannschaftsteile ineinandergreifen. So war Neuendorfs Vision. Und so setzten es alle seine Spieler um.

Zwei Tage vor dem Spiel stieg die Spannung ins Unermessliche. Jonas versuchte sich trotzdem nichts anmerken zu lassen. Als er das Klassenzimmer betrat, tat er cool.

Mustafa stand neben der Tür und klatschte ihn ab. „Yo, Bro, was geht?“, grüßte er.

„Alles easy …“, antwortete Jonas. Die Nervosität der anderen konnte man quasi im Raum riechen. Jonas wollte das nicht noch durch seine eigene Zappeligkeit befeuern. Nur gegenüber Kalil war er ehrlich. Seinem besten Freund konnte er sowieso nichts vormachen.

„Ich hab kein Auge zugemacht“, gestand er.

Kalil zuckte mit den Schultern. Er war ruhig und gelassen wie immer. „Mach dich mal locker“, sagte er. „Es geht doch um nichts. Nur um die Ehre.“

Jonas stieß die Luft aus. „Tsss! Ehre ist doch der höchste Preis, den es gibt!“, antwortete er.

Kalil nickte. „Da hast du auch wieder recht“, sagte er. „Pokale und Meisterschalen muss man irgendwann wieder abgeben. Aber das Gefühl im Herzen bleibt ewig.“

In der folgenden Stunde holte Frau Schnieder Luong an die Tafel. Sie war eine strenge Lehrerin, aber gerecht. Wenn sie laut wurde oder eine ihrer gefürchteten Übungsaufgaben verteilte, dann gab es dafür auch immer einen guten Grund. Das mussten selbst die Bestraften zugeben.

„Ich habe die Umrisse von Deutschland an die Tafel gezeichnet“, erklärte sie. „Luong, füge bitte die fünf größten Flüsse hinzu.“

Bäumchen war ihr Lieblingsschüler, auch wenn sie das natürlich nicht so sagte. Luong wusste einfach immer alle Antworten auf ihre Fragen. Aber nicht heute. Luong trippelte unruhig von einem Fuß auf den anderen. Er nahm ein Stück Kreide, tat dann aber nichts.

Jonas lehnte sich entspannt auf seinem Stuhl zurück. Er griff nach Kalils Hand und drückte sie kräftig. Sie hatten es geschafft! Sie hatten aus einem zerstrittenen Hühnerhaufen eine Gemeinschaft gemacht. Einer stand für den anderen ein, so wie sie es sich am Tag der Klassensprecherwahl gewünscht hatten. Das hatte der Fußball geschafft! Jetzt wollten sie auch das Spiel gewinnen!

Kapitel 13
Spieltag

Und dann war er da, der Spieltag. Jonas hatte sich vorgenommen, so richtig auszuschlafen. Doch die Aufregung riss ihn schon um kurz nach 6 Uhr aus den Träumen.

„Oh Mann!“, stöhnte Jonas, als er auf die Uhr seines Smartphones sah. Er versuchte wieder einzuschlafen, wälzte sich aber nur von einer Seite des Bettes auf die andere. In Gedanken durchlebte er das gesamte Spiel. Dabei ging alles schief. Die halbe Mannschaft kam zu spät, der Rest zoffte sich auf dem Platz, Jonas verschoss den entscheidenden Elfer in der letzten Minute, und nach dem Abpfiff warf auch noch Neuendorf sein Amt als Trainer hin. Jonas litt unendliche Qualen. In der Dunkelheit wirkte seine Vorstellung so unglaublich echt. Also schaltete er das Licht ein und wählte Kalils Nummer.

„Mmmmmmjaaah?“, nuschelte sein Freund ins Handy.

„Kannst du auch nicht mehr schlafen?“, wollte Jonas wissen.

„Nö“, antwortete Kalil. „Weil so ein Spinner mitten in der Nacht bei mir anruft.“

Jonas hatte nur kurz ein schlechtes Gewissen. „Es ist wegen dem Spiel“, gab er zu. „Ich hab echt Schiss, dass wir uns total blamieren.“

Kalil lachte, es klang trotzdem schläfrig. „Hey, Mann, entspann dich“, nuschelte er. „Wir sind nicht irgendein Team. Wir sind die Fußball-TORnados. Was soll uns schon passieren?“

Jonas atmete tief durch. Genau so einen Spruch hatte er gebraucht. Nun fühlte er es auch wieder: den Geist der Mannschaft. Und das war kein Schreckgespenst.

Um 2 Uhr am Nachmittag bekam Jonas endlich Gewissheit. Alle elf TORnados waren pünktlich an der Haltestelle vor der Schule. Drei Stationen fuhren sie mit der Straßenbahn und schon waren sie am Ziel. Neuendorf führte sie ein paar Hundert Meter die Straßen entlang. Dann standen sie am Sportplatz der Beethoven-Schule.

Wie ihr Trainer angeordnet hatte, holten alle TORnados weiße T-Shirts aus ihren Sporttaschen. Kalil fragte trotzdem, ob er nicht das Trikot vom

FC Barcelona anbehalten durfte. Murrend zog er sich um.

Jonas beobachtete die Spieler des Gegners. Aus der Entfernung konnte er nur eines feststellen: Sie waren echt groß.

Kurz darauf kam der Schiri zu Neuendorf. „Es geht pünktlich los“, sagte er. „Wer ist euer Kapitän?“

Neuendorf blickte kurz zum Himmel. „Shit!“, fluchte er ganz unlehrerhaft. „Wir haben noch gar …“

„Jonas!“, brüllte Demba dazwischen.

„Ja, Jonas ist unser Kapitän!“, bestätigte Mustafa.

Jonas fühlte sein Herz schneller schlagen.

„Aber müssen wir nicht eine richtige Wahl machen?“, fragte er unsicher nach.

Bäumchen schüttelte den Kopf. „Es war deine Idee“, sagte er. „Ohne dich gäbe es die Fußball-TORnados gar nicht.“

„Ohne mich und Kalil“, widersprach Jonas. Er sah zu seinem Kumpel. Doch wie immer war Kalil kein bisschen neidisch. Seine Augen strahlten, weil er sich so für die Anerkennung freute, die Jonas bekam.

„Ich habe nur ein bisschen mitgeholfen“, erklärte Kalil. „Die eigentliche Idee zur Mannschaft kam wirklich von Jonas. Von unserem Kapitän Jonas.“

Der Schiedsrichter nickte. „Gut, Jonas“, sagte er

ruhig. „Dann kommst du für die Seitenwahl gleich zu mir.“

Vorher nahm Neuendorf seine Spieler aber noch einmal zur Seite. Sie bildeten einen Kreis und jeder legte seinem Nebenmann die Arme um die Schultern. In der Mitte war der Trainer eingeschlossen. Neuendorf genoss es sichtlich.

Jonas grinste. Er kannte den Spruch. Der stammte von Franz Beckenbauer, einem der besten Spieler aller Zeiten. Als Trainer hatte er die deutsche Nationalmannschaft zum WM-Sieg geführt. Das war verdammt noch mal die Messlatte für die Fußball-TORnados.

Als Jonas Minuten später bei der Platzwahl dem anderen Kapitän die Hand schüttelte, war er so ruhig wie eine Schlange im Kühlschrank. Alle Nervosität, alle Unsicherheit fiel von ihm ab. Er wusste, dass er Fußball spielen konnte. Und er wusste, dass der Rest seines Teams genauso gut war. Jetzt war es an der Zeit, es allen zu zeigen!

Der Schiri warf die Münze. Während das Geldstück Richtung Himmel flog, saugte Jonas die Luft ein. Das war es, was er mehr wollte als alles andere im Leben. Fußball spielen. Mit zehn Freunden auf einem Platz stehen und gemeinsam kämpfen, jubeln, heulen und das Publikum mit ihren Spielzügen verzaubern.

Die Fußball-TORnados hatten das Zeug für eine richtig große Mannschaft. Nun war es Zeit, genau das der ganzen Welt zu zeigen.

Kapitel 14
Dichter gegen Musiker

Der Pfiff des Schiedsrichters hallte in Jonas' Ohren wieder wie ein komplettes Rockkonzert. Jonas schob den Ball zu Kalil, wie er es schon tausend Mal hinter dem Jugendklub getan hatte. Jetzt aber war es ein ganz anderes Gefühl. Sie kickten nicht bloß ein bisschen zum Spaß. Das hier war Ernst, ein richtiges Spiel! Goethe gegen Beethoven, Dichter gegen Musiker.

Neuendorf hatte Jonas, Kalil, Demba, Mustafa, Bäumchen, Atze und Hakim als Erste auf den Platz geschickt. Draußen warteten Paul, Dimitri, Arsim und Achmed auf ihre Einsätze. In der Zwischenzeit drückten sie ihrem Team die Daumen, das spürte Jonas ganz genau.

„Jetzt mach endlich!", drang es von weit her zu Jonas durch.

Klar, er durfte ja nicht nur dieses wahnsinnige

Gefühl genießen. Er musste auch den Anstoß ausführen.

Dann kickte er den Ball in Kalils Richtung.

Demba machte sich sofort zu seinem Lieblingsplatz auf, dem Strafraum.

Jonas eilte ihm hinterher und erwartete den Pass. Doch die Gegner waren auch keine Schlafmützen. Zwei wahre Riesen stürmten auf Kalil zu. Kalil war gezwungen, nach hinten zu spielen.

Vor Aufregung traf er den Ball aber nicht richtig. Das Leder hoppelte nur wie ein verletzter Hase durchs Gras. Der Stürmer mit der Nummer 11 schnappte sich die Kugel, umspielte den überraschten Hakim und zog in die Mitte, Richtung Tor.

Jonas biss sich auf die Unterlippe. Aus der Entfernung wirkte Bäumchen nur halb so groß wie der Angreifer. Der konnte Luong glatt umpusten.

„Hol ihn dir!“, hörte Jonas sich selbst brüllen.

Bäumchen gehorchte. Er sprang mit gestrecktem Bein vorwärts, zielte aber nicht auf das Bein des Gegners, sondern auf den Ball. Er traf im richtigen Moment und haute die Pocke ins Seitenaus.

Jonas lachte bitter. Das war alles leichter gesagt als getan. Die Beethovens waren wahrlich kein Fallobst. Sie trainierten seit der ersten Klasse zusammen, wie Jonas erfahren hatte. Die Abläufe stimmten viel besser als bei den TORnados. Jeder von denen wusste automatisch, wo sein Mitspieler zwei Sekunden später sein würde.

Wieder rollte eine Angriffswelle in den Strafraum der TORnados. Diesmal nahm die Nummer 11 Bäumchen mit einem Querpass in die Mitte aus dem Spiel. Hakim war einen Schritt zu spät. Der Kapitän der anderen kam an den Ball und haute ihn mit voller Wucht aufs Tor.

Jonas hielt erneut den Atem an. Das Leder flog genau in die obere rechte Ecke. So lang war selbst Mustafa nicht. Oder?

Doch ihr Torwart wiederholte das Wunder, dass alle schon vor Wochen beobachtet hatten. Er fuhr seine Arme aus, bis sie vier Meter lang waren, und faustete den Ball über die Latte.

„Wahnsinn!“, lobte Jonas und klatschte.

Für die folgende Ecke trabte auch er nach hinten. Zehn Minuten hatten sie immerhin schon ohne Gegentor überstanden. Das sollte sich auf keinen Fall ändern.

Ein schwarzhaariger Spieler der Beethoven-Schule legte sich den Ball zurecht.

„Ali, hierher!“, brüllte die Nummer 11.

Tatsächlich kam der Ball genau auf den Spieler mit der 11 zu. Jonas stieg neben ihm hoch, das Leder strich ihm aber nur über den Scheitel. Nummer 11 erwischte ihn perfekt und netzte zum 1:0 ein.

„Nicht schlimm, weitermachen!“, munterte Neuendorf seine geknickten Spieler auf.

„Genug gestaunt!“, feuerte Jonas sein Team an. „Jetzt übernehmen wir das Kommando!“

Und genau das taten die TORnados nun. Jonas schickte Kalil vom Anstoßkreis weg in die gegnerische Hälfte. Der kickte den Ball gleich weiter auf Demba. Demba tankte sich durch das Mittelfeld der Beethoven-Mannschaft und legte dann auf Jonas quer.

Jonas umdribbelte einen Abwehrspieler. Dann schlug er einen Zuckerpass auf den Elfmeterpunkt.

Der Torwart blieb in seinem Kasten, denn dort waren nur seine eigenen Leute. Doch dann kam Demba angerauscht. Jonas hielt die Luft an. Demba war eindeutig der beweglichste Kleiderschrank Deutschlands. Trotz seiner Größe und dem bulligen Körper war er pfeilschnell und gelenkig wie ein Schlangenmensch. Demba stieg hoch, erwischte den Ball mit der Stirn und wuchtete ihn knapp neben den Kopf des Torwarts.

Mit einem Wahnsinnsreflex riss der Kerl noch seine Hand hoch.

Er hielt die Kanonenkugel fest. Doch die Wucht des Kopfballs hatte ihm eindeutig eine Menge Respekt eingeflößt.

„Passt mehr auf diese Maschine auf!“, brüllte er seine Vorderleute an. „Beim nächsten Mal bricht mir sonst der Arm ab!“

Jonas lachte. Ja, genau! Ihre Gegner sollten Angst vor den TORnados haben. Nicht, weil sie unfair spielten oder jeden umsensten. Im Gegenteil. Sie sollten sich in die Hosen machen, weil die Fußball-TORnados unfaire Aktionen überhaupt nicht nötig hatten, um zu gewinnen!

In der Pause hechelten alle wie Schäferhunde nach dem Marathonlauf. Sie lagen 1:0 zurück. Doch Jonas fühlte sich trotzdem gut.

„Wir packen das noch!“, gab er die Parole aus.

Auch in den Gesichtern seiner Freunde sah er weder Verzweiflung noch Entsetzen.

Luong und Hakim blieben draußen, sie hatten sich hinten komplett verausgabt. Dafür trabten nun Achmed und Paul aufs Feld. Die beiden klatschten sich ab.

„An uns kommt keiner vorbei, oder?“, erkundigte Paul sich.

Achmed schüttelte den Kopf. „Nö, Mustafa kann eigentlich schon nach Hause fahren.“

Jonas grinste. Ein bisschen Größenwahn gehörte dazu.

Dann war es aber doch gut, dass Mustafa den Rat seiner Vorderleute nicht angenommen hatte. Genau wie Hakim und Bäumchen in der ersten Halbzeit brauchten auch diese beiden Verteidiger ein bisschen Zeit, sich aneinander zu gewöhnen. Ein paar Mal gelang die Abstimmung nicht. Paul war zu weit vorne, Achmed zu weit hinten. Durch diese Schnittstelle passte Ali immer wieder auf seinen Kapitän.

Zehn Minuten vor Schluss schoss der dann im Doppelpass auf Ali zurück. Ali täuschte einen Torschuss an …

… und lupfte den Ball dann lässig über den liegenden Mustafa hinweg. Auch vierzig Meter lange Arme hätten dem Torwart der TORnados da nicht helfen können.

Es stand 2:0 für die Musiker. Und es waren nur noch knapp neun Minuten zu spielen.

Kapitel 15
Klassenparty, die Zweite

Voller Wut holte Mustafa den Ball aus dem Netz und kickte ihn mit voller Wucht noch einmal in die Maschen.

Auch Jonas ärgerte sich fürchterlich. Doch er konnte und wollte niemandem einen Vorwurf machen. Tore fielen eben im Fußball, sonst wäre der Sport ziemlich langweilig. Aber sie sollten, verdammt noch mal auf der anderen Seite fallen!

Jetzt war der Kapitän gefordert, das spürte Jonas. Also trabte er den langen Weg vom Mittelfeld zum Tor zurück.

Er wollte nicht nur den Ball holen. Er wollte ein Zeichen setzen.

Atze hatte einen hochroten Kopf. „Ick hab vom Loofen schon janz krumme Beene“, beschwerte er sich.

„Die biegen wir nachher wieder gerade“, versprach Jonas. „Aber jetzt zeigen wir denen mal, was für Tornados wirklich in uns stecken!“

Jonas klemmte sich den Ball unter den Arm und lief Richtung Anstoßkreis. Unterwegs klatschte er alle seine Männer ab.

„Haut alles raus, was ihr draufhabt!“, feuerte er sie an. „Unsere Fußballerkarrieren können ja wohl nicht mit einer Niederlage beginnen!“

Zum dritten Mal an diesem Nachmittag legte Jonas sich den Ball auf den Anstoßpunkt. Die Beethovens hatten knallrote Köpfe, das ließ sich nicht übersehen.

„Die pfeifen auf dem letzten Loch“, zischte er Demba zu. „Stehend k.o., fix und fertig.“

Außerdem bemerkte Jonas noch etwas. Der Torwart des Gegners stand viel zu weit vor seinem Kasten.

„Tipp den Ball nur an!“, flüsterte Jonas.

Die anderen vertrauten scheinbar darauf, dass Jonas auch dieses Mal sofort zu Kalil spielen würde. Doch Jonas konnte nicht anders. Wie ein wahnsinniger Pokerspieler warf er seinen ganzen Einsatz auf den Tisch.

Er nahm zwei Schritte Anlauf. Als der Schiri anpfiff, berührte Demba den Ball nur leicht und trat zur Seite. Jonas flog heran, trat das Leder mit dem Vollspann und wartete dann ab, was passierte.

Minutenlang, so schien es ihm, segelte der Ball durch die Luft. Dann senkte er sich hinter den Torwart und lag tatsächlich im Tor.

„Wuuuuuuuuoooooaaaaaah!“, brüllte Demba Jonas ins Ohr. „Tor des Monats. Diesmal eindeutig!“

Auch die Beethoven-Spieler nickten anerkennend. Jonas aber war noch nicht zum Jubeln zumute. 2:1 war besser als 2:0, klar. Aber ein Sieg war das noch nicht.

„Weiter, weiter, immer weiter!“, rief er.

Jonas blickte vorsichtig zur Seite. Lena hatte die Hände in die Luft gerissen und klatschte wie wild. Auch die anderen Zuschauer applaudierten.

Und es half. Kurz danach markierte Demba das 2:2. Keine Niederlage! Das war schon mal der halbe Triumph.

Wenig später nahm der Schiri die Pfeife in den Mund. Es konnten nur noch Sekunden bis zum Schlusspfiff sein. Die Spieler der Beethoven-Schule sehnten das Ende mit hochroten Köpfen herbei. Die TORnados hatten sie gnadenlos über den Platz gehetzt. Nun wollten sie endlich in die Kabine. Lustlos schoben sie den Ball quer, hin und her.

Kalil aber hatte noch nicht genug. Er stieß blitzartig nach vorne und klaute den Gegnern den Ball vom Fuß. Demba rannte mit. Sofort zog er zwei Mann auf sich, zu oft hatte er den Torwart schon geprüft. Noch mal wollten sie ihn nicht an den Ball lassen. So riss er ein riesiges Loch in die gegnerische Abwehr. Und in dieses Loch rannte Jonas. Kalil aber ließ sich Zeit. Er lief, lief und lief, und dann, im perfekten Moment, schob er den Ball in die Lücke. Jonas nahm ihn auf. Nur der Torwart war noch vor ihm. Mit jedem Schritt auf ihn zu schrumpfte das Tor. Bald war es nur noch halb so groß wie der Ball, unmöglich da reinzutrefffen.

Da wuchs das Tor wieder. Jonas umtanzte den Torwart und gab dem Ball Geleitschutz, bis sie zusammen die Linie überquert hatten.

2:3, mit dem Schlusspfiff. Die Fußball-TORnados hatten ihr erstes Spiel gewonnen. Sie waren dabei, lebende Legenden zu werden.

Um 19 Uhr kamen Jonas und Kalil frisch geduscht beim Garten von Opa Emil an. Kalil hatte Pakora mitgebracht, Jonas eine Schüssel Gurkensalat. Sonst war niemand zu sehen, alles war still. Im Übermut des Sieges hatten die TORnados noch auf dem Spielfeld eine zweite Klassenparty geplant. Jeder sollte eine Spezialität mitbringen, wie beim letzten Versuch. Doch offenbar hatten alle nur einfach wieder eine große Klappe gehabt.

„Wäre ja auch zu schön gewesen“, seufzte Jonas.

„Kopf hoch“, tröstete Kalil ihn. „Dann bleiben mehr Pakoras für dich übrig.“

Jonas nickte, war aber tief enttäuscht. Für eine kurze Zeit hatte er tatsächlich geglaubt, seine Klasse hätte sich verändert. Doch so schnell wurde scheinbar aus 22 Einzelgängern keine Gemeinschaft.

Jonas und Kalil wollten schon umkehren, da quietschte die Tür der Laube.

„Atze?“, rief Jonas. „Emil?“

Als keine Antwort kam, gingen sie zur Laube. Die Tür war bloß angelehnt. Jonas stieß sie mit dem Fuß vorsichtig auf.

„Überraschung!“, klang es ihm da aus dreißig Kehlen entgegen. Die Laube platzte aus allen Nähten. Alle Spieler waren da, dazu die Mädchen, Opa Emil, Bernie Neuendorf, Frau Schnieder und Frau Hülsmann, die Klassenlehrerin.

Auf dem Tisch standen Köstlichkeiten aus aller Herren Länder und jede Menge Getränke waren auch da.

„Scheint, als müsstest du die Pakoras doch teilen“, sagte Kalil grinsend.

„Du Hund!“, rief Jonas lachend. „Du wusstest doch davon, oder?“

Kalil zuckte mit den Schultern. „Keine Ahnung, was du meinst …“

Im Handumdrehen wurde nun noch der Garten geschmückt. Ekatarini hängte bunte Lampions an die Bäume, Dimitri und Paul ein Grußplakat der 3b.

Mustafa hatte seinen Gettoblaster mitgebracht. Er, Alexey und Lena stellten gerade eine Playlist zusammen.

Und dann wurde gefeiert. Der Sieg im ersten Spiel, die Gründung der besten Fußballmannschaft der Welt, eine super Klassengemeinschaft und generell das Leben.

Bernie Neuendorf verkündete eine tolle Nachricht. Er hatte noch ein paar Freundschaftsspiele organisiert. Für die nächste Saison wollte er die Fußball-TORnados sogar in der Bunten Liga anmelden. Da spielten Teams in ihrem Alter um eine richtige Meisterschaft, auch wenn sie keine Vereine waren.

Als es langsam dunkel wurde, hockte Jonas sich unter den Kirschbaum. Ja, er war mehr als glücklich.

Er hatte Speisen gekostet, von denen er noch nie gehört hatte. Der Jubel der Zuschauer beim Schlusspfiff klang ihm noch immer in den Ohren. Über ihm leuchteten die Lampions. Neben ihm saßen Kalil, sein bester Freund, und Aishe und Lena, die coolsten Mädchen aus der Klasse.

„Träume können eben wahr werden", sagte Jonas und lehnte sich an den Stamm an.

Und dabei war er sich sicher: Der Traum der Fußball-TORnados war noch lange nicht zu Ende.

Leseprobe

aus Band 2

Trainer gesucht!

Wer wird der neue Coach?

Jonas, Kalil und ihre Freunde können es nicht fassen, als ihr geliebter Trainer seinen Abschied verkündet. Und das jetzt, wo die Tornados die D-Jugend von Charlottenburg herausgefordert haben. Dabei geht es nicht nur um ihre Ehre, sondern um einen ganz besonderen Wetteinsatz. Kalil hat nämlich ein Leroy-Sané-Trikot gewonnen, mit Autogramm! Jonas hat es in einem Anfall von Übermut verwettet – falls sie gegen die D-Jugend verlieren sollten.

Was nun? Kein Trainer, kein Sieg – und das Trikot futsch?

Nach mehreren Fehlversuchen taucht endlich der coole Sam auf. Doch der hat noch nie ein Team trainiert, und als Fußballer hat er selbst nicht allzu viel gerissen. Kann so einer die Tornados zum Sieg führen?

Kapitel 3
England ruft

Die Rückfahrt verlief in eisigem Schweigen. Max, Danni und Erkan von den Charlottenburgern hatten den Mannschaftsrat einberufen und schließlich zugesagt. Ein Original-Trikot von Leroy Sané war ein Preis, um den es sich zu kämpfen lohnte. Vor allem, weil man gegen die »Kurzen« ja gar nicht zu kämpfen brauchte, wie Danni meinte. Man musste nur auf den Platz gehen und eben kurz ein paar Tore schießen. Dann hatten sie den Preis sicher.

In vier Wochen wollten sie gegen die Fußball-TORnados antreten, auf dem Platz am Schrebergarten. Vorher ließ es ihr Spielplan nicht zu.

»Kannst das Ding schon mal einpacken«, klang es Kalil noch im Ohr. Und besonders bitter war Erkans Spruch: »Nicht schmutzig machen, das gehört jetzt uns.«

An der Haltestelle in der Nähe der Schrebergärten sprangen Jonas, Kalil, Mustafa, Bäumchen und Demba aus der Tram. Hier waren vor neunzig Minuten eingestiegen, als Kalil noch Besitzer eines Trikots von Leroy Sané gewesen war. Anders als Jonas war Kalil wirklich nicht leicht aus der Ruhe zu bringen. Nun aber kochte es in ihm. Kalil packte Jonas an der Schulter.

»Wie konntest du einfach mein Trikot verwetten?«, brüllte er los. »Das ist doch ein Scheißpreis! Das Shirt gehört nämlich schon jemandem: mir!«

Jonas biss sich auf die Lippen. Er wusste, dass er Bockmist gebaut hatte.

Zum ersten Mal seit sie sich kannten, war Kalil richtig sauer auf seinen Freund. Am liebsten hätte er ihn in einen Karton gepackt und nach Indien zu seiner Großtante aufs Land geschickt.

Sein Trikot! Sein Hauptgewinn! So gut wie futsch!

Das Trikot war Kalils liebster Besitz aller Zeiten. Eher hätte er freiwillig seine Mutter hergegeben, als das Shirt. Und Jonas, dieser Mistkerl, hatte es als Preis angeboten!

»Das ist mir einfach so rausgerutscht«, entschuldigte Jonas sich halbherzig. »Die haben mich halt provoziert mit ihrem ewigen *Kindergarten* und *Windeln* und so. Da wollte ich zeigen, dass wir es ernst meinen.«

Mustafa rollte mit den Augen. »Jonas und seine Ehre«, murmelte er.

Kalil schlug vor Ärger gegen eine Ampel. Sie sprang sofort auf Rot. Dann wieder auf Grün, dann wieder auf Rot.

»Es tut mir leid«, sagte Jonas endlich. »Aber wir gewinnen einfach und dann kannst du dein Sané-Museum eröffnen.«

Kalil winkte ab. »Vier Wochen!«, polterte er los. »Mehr Zeit bleibt uns nicht. Sollen uns bis dahin Flügel wachsen?«

Jonas lachte, aber es klang kein bisschen fröhlich. »Quatsch. Wir trainieren einfach doppelt so hart wie sonst«, forderte er. »Ich bin mir sicher: Morgen freut sich unser Trainer über die neue Herausforderung!«

Am folgenden Nachmittag kamen alle pünktlich auf dem Sportplatz am Schrebergarten zusammen. Mit Atzes Opa Emil und seinen Freunden hatten die Fußball-TORnados abgemacht, dass sie hier jederzeit kicken durften. Die meisten der Jungs kamen auch wirklich in jeder freien Minute her. Dann machten sie Spiele drei gegen drei oder einfach Freistoßtraining. Mittwochs aber war offizielles Mannschaftstraining. Wer nicht auftauchte, musste zwei Euro in das Team-Sparschwein werfen. Kalil war sehr stolz darauf, dass das Schweinchen noch immer komplett leer war. Wer nicht den Kopf unterm Arm tragen musste oder mit 48 Grad Fieber im Bett lag, kam. So wie heute.

Kalil zählte durch. Alle elf Fußball-TORnados trabten auf

den Platz: Luong, Jonas, Mustafa, Demba, Atze, Paul, Dimitri, Arsim, Achmed, Hakim und er selbst. Ihr Trainer erwartete sie bereits im Mittelkreis.

Kalils schlechte Laune verflog ein bisschen, als er seinen Trainer sah. Wenn es überhaupt jemand schaffen konnte, sie in vier Wochen dreimal besser zu machen, dann war er es.

Bernie Neuendorf war ein Glücksfall. Er konnte nicht nur gut mit jungen Kickern umgehen, sondern auch mit dem Ball. Eigentlich hatte er Profi-Fußballtrainer werden wollen. Doch seine Eltern fanden damals, ihr kleiner Bernie müsse etwas Vernünftiges machen. So war er Sportlehrer geworden. Jonas und Kalil hatten ihn nicht zweimal fragen müssen, als sie die TORnados ins Leben gerufen hatten. Bernie Neuendorf hatte sofort als Trainer zugesagt. Wegen seiner außergewöhnlichen Trainingsmethoden und den Profi-Tipps hatten die Fußball-TORnados schon so manches Spiel gewonnen.

Und Kalil war sich sicher: Bernie Neuendorf konnte sie auch für das Spiel gegen die Charlottenburger fit machen.

Doch es kam ganz anders.

»Liebe Leute«, begann Neuendorf. Er hatte den Kopf gesenkt und starrte ins Gras, als würde dort das Champions-League-Endspiel gezeigt.

Sofort wurden alle still. So offiziell begrüßte ihr Trainer sie sonst nie. Die Sache wurde auch nicht dadurch besser, dass er nun von seiner Limokiste aufstand und die Flaschen an seine Jungs verteilte. »Äh, trinkt erstmal was …«, murmelte er.

»Was ist denn jetzt los?«, flüsterte Bäumchen Kalil zu. »Ist einer gestorben?«

Neuendorf hatte sichtlich Mühe, die richtigen Worte zu finden. »Jungs«, setzte er noch einmal an. »Ihr wisst, es war immer mein großer Traum, Fußballtrainer zu sein. Schon als Junge war es mein Ziel, einen Club in der Bundesliga zu trainieren. Oder in Spanien oder Italien. Aber ich war nie mutig genug, mir selbst diesen Traum zu erfüllen.«

»Und denn kamen wir, wa? Die Fußball-TORnados!«, unterbrach Atze in lachend. »Da hättste im Traum nich dran jedacht!«

Kalil versuchte ein Lächeln, aber es wollte nicht kommen. Denn auch Bernie schüttelte nur den Kopf.

»Ja, die Zeit mit euch war wunderschön«, gab Neuendorf zu. »Ich habe viel gelernt, vor allem, dass alles wahr wird, wenn man nur fest genug daran glaubt. Aber glauben alleine hilft nicht. Wenn man auf dem Sofa sitzt und in der Nase bohrt, wird gar nichts wahr. Also habe ich vor ein paar Wochen …«

Bernie Neuendorf pustete so tief durch, als müsste er gleich ein drei Meter langes Badekrokodil in einem Zug aufblasen.

»Vor ein paar Wochen habe ich von einem Angebot aus England gelesen«, redete er weiter. »Ein Klub der Dritten Liga suchte einen neuen Trainer. Eine Woche lang habe ich nicht geschlafen. Dann hatte ich endlich den Mut, um dort anzurufen. Wir haben ewig über die englische Premiere League gequatscht. Es war toll. Ich spürte wieder ein Feuer in mir brennen, das ich nach meiner Schulzeit beinahe ausgepustet hatte. Ich bin hingefahren und …«

Bernie Neuendorf seufzte. »… leider kann ich mich nicht zweiteilen«, fuhr er fort. »Ich habe meinen Job als Lehrer hingeschmissen. Mit unserem Rektor habe ich einen Weg gefunden, so dass ich sofort gehen kann.«

Bernie Neuendorf hob den Kopf. Nacheinander sah er allen TORnados in die Augen.

»Nächste Woche fange ich in England an«, beendete Neuendorf seine Ansprache. »Das ist die Chance meines Lebens, ich konnte nicht absagen. Auch wenn ihr mir verdammt fehlen werdet.«

Kapitel 4
Es kommt noch schlimmer

Es war mucksmäuschenstill auf dem Platz. Mit so einer Nachricht hatte natürlich niemand gerechnet. Neuendorf war immer fair gewesen, freundlich und gerecht. Von seinem Traum hatte er oft genug erzählt. Und er hatte alle ermutigt, immer ihren eigenen Träumen nachzugehen. Deshalb freuten sich die Jungs mit ihm. Aber nur im Stillen. Denn sein Weggang war auch ein ungeheurer Verlust, soviel stand fest.

»Gratuliere, Trainer …«, sagte Kalil und reichte Neuendorf die Hand. Es war von beiden kein kräftiger Männergruß. Es kam Kalil eher vor, als hätte er eine vertrocknete Salatgurke zwischen den Fingern.

Neuendorf nickte Kalil dankbar zu, doch Kalil sah schnell zu Boden. Für ihn bedeutete es, den letzten Strohhalm zu verlieren, an den er sich die ganze Nacht und den heutigen Morgen geklammert hatte. Nun war das Trikot zu hundert Prozent weg. Und mit ihm *Kalils Leroy-Sané-Hotel.*

Er sah zu ihrem Kapitän hinüber. Jonas schüttelte nur den Kopf. »Das darf doch nicht wahr sein«, murmelte er in sich hinein. »Warum gerade jetzt?! Hätte ich doch nur meine Klappe halten können!«

Dann schoss Kalil eine weitere Frage durch den Kopf. Neuendorf war ab sofort nicht mehr für sie zuständig. Aber …

»Wer macht's denn dann?«, wollte er wissen.

»Genau! Samstag ist doch ein wichtiges Spiel«, fiel Mustafa wieder ein. »Gegen das Team der Beethoven-Schule. Darauf freuen wir uns seit Wochen!«

Neuendorf biss sich auf die Unterlippe. »Natürlich habe ich

mich gleich bemüht, einen neuen Trainer zu finden«, stammelte er ein wenig hilflos. »Mehr als zwanzig Freunde und Sportlehrer habe ich angerufen. Aber mitten in der Saison sind alle beschäftigt. Im Herbst ist ein Spieler aus der A-Jugend von Kreuzberg 05 bereit. Jetzt muss er noch für seinen Schulabschluss büffeln und ...«

Neuendorf ließ die Schultern hängen.

»Jungs, es tut mir leid. Aber ich habe niemanden gefunden«, musste er gestehen. »Und wenn ihr keinen Trainer habt, könnt ihr keine offiziellen Spiele machen. Das Spiel gegen die Beethoven-Schule habe ich bereits abgesagt.«

Der Satz schlug ein wie eine Bombe. Alle Spieler sprangen auf. Luong, Jonas, Mustafa, Hakim, der bullige Demba und die anderen redeten wild durcheinander auf Neuendorf ein. Vor Aufregung redete jeder in seiner Muttersprache. Kroatisch, Russisch, Vietnamesisch, Syrisch und Deutsch. Atze zupfte dem Trainer die ganze Zeit an der Trainingsjacke. Kein Wort war zu verstehen, bis Bernie Neuendorf die Arme hob.

»Leute, beruhigt euch«, rief er in den Tumult. »Ich habe mir die Sache wirklich nicht leichtgemacht. Auch wegen euch!«

»Aber was sollen wir denn machen?«, wollte Demba wissen. So eisenhart der Stürmer auf dem Platz war, nun hatte er Tränen in den Augen. »Fußball ist unser Leben!«

Auch Bäumchen musste etwas Wasser in seinen Augen wegblinzeln. »Das können Sie doch nicht machen«, beschwerte er sich zaghaft. »Haben Sie denn gar kein Herz?«

»Doch«, erwiderte Neuendorf. »Und es bricht, wenn ich von eurer Liebe zu diesem Sport höre. Aber glaubt mir, ich habe Nächte lang telefoniert. Es scheint in ganz Berlin gerade keinen freien Trainer zu geben.«

Der Protest wurde leiser und ebbte schließlich ganz ab. Jonas ließ sich rückwärts auf den Platz fallen. Atze schüttelte nur den Kopf. Achmed und Dimitri hockten wie hypnotisiert da, die Köpfe aneinander gelehnt. Auch die anderen schwiegen. Es nutzte ja nichts. Ab sofort standen sie ohne Trainer da.

Kalil hockte neben Arsim im Gras. Er konnte die Nachrichten des Tages kaum fassen. Ende. Aus. Nicht nur das Trikot von Sané war damit futsch. Sondern alles. Ohne Trainer keine Spiele. Es sei denn …

»Moment mal«, platzte es aus ihm heraus. »Herr Neuendorf, wie lange gilt denn ihre Trainerlizenz hier in Deutschland noch?«

Bernie Neuendorf verzog fragend das Gesicht. Ganz offensichtlich verstand er nicht, was Kalil beabsichtigte. »Bis zum Ende der Saison. Also noch ein paar Monate. Aber, was …?«

Kalil ließ ihn gar nicht ausreden, dafür war er viel zu aufgeregt. »Dann könnten Sie doch wenigstens auf dem Papier noch unser Trainer sein, oder?«, schlug er vor. »So als offizieller Verantwortlicher. Das geht auch von England aus. Wenn uns einer fragt, schwören wir, dass sie uns jede Woche mit einer Video-Konferenz coachen. Und dann könnte unser Kapitän Jonas die Fußball-TORnados trainieren. Als Spieler-Trainer …«

Autor

THiLO verbrachte den Großteil seiner Kindheit in der elterlichen Buchhandlung zwischen Pippi Langstrumpf und Räuber Hotzenplotz. Nach der Schule reiste er durch Afrika, Asien und Mittelamerika, bevor er Publizistik studierte und mit seiner Kabarettgruppe „Die Motzbrocken“ durch die Lande zog. Daneben arbeitete er für Funk und Fernsehen. THiLO hat vier Kinder und wohnt in Mainz. Er schreibt sehr erfolgreich Geschichten und Drehbücher für Kinder und Jugendliche.

Illustrator

Timo Grubing, geboren 1981, studierte Illustration an der FH Münster und lebt seit seinem Diplom 2007 wieder in seiner Geburtsstadt Bochum. Als freier Illustrator ist er in den verschiedensten Bereichen tätig: Er bebildert Kinder- und Schulbücher, Spiele und arbeitet regelmäßig für Magazine und Agenturen.